中日對照

日語閱讀越聽越上手

日本經典童話故事

日本安徒生——新美南吉名作選

附情境配樂
中日朗讀
QR Code
線上音檔

作者／新美南吉
插畫／山本峰規子
譯者／謝若文

笛藤出版

前言

猜猜看，什麼方式最容易學好一種語言？

答案是：

閱讀、朗讀與聽力三種學習方式同時進行！

因為從閱讀中不僅可以學到單字、語法、句型等，由閱讀再延伸到朗讀更可以讓你的發音更標準、表達更流暢、用字更精準。

這次編輯部特別挑選了日本兒童文學作家—新美南吉的三部精彩作品，分別是「買手套」、「權狐」、「花木村與盜賊」，並在日本插畫家山本峰規子生動活潑的插畫下，帶領讀者進入新美南吉的童話世界。

新美南吉的作品非常生活化，以生活中隨手可得的素材串連成一篇篇活潑生動的故事。讀者們可以細細品味簡單的故事結構背後所蘊藏的寓意。其作品在日本收錄於國小教科書中，成為日本小學生最佳的優良讀物。作為學習日語的入門讀物相當適合。

期盼此書能幫助讀者藉由閱讀，學習更多字彙、語法和句型；透過朗讀，讓發音更標準、表達更流暢；用字更精準。在閱讀的過程當中輕鬆地學習日文。本書不只為了引起讀者學習日語的興趣而編寫，更希望透過閱讀日本文學作品，加深大眾對日本文化的理解。衷心期盼所有讀者可以在閱讀過程中，體會到日本文學之美，並有效提升日語能力。

笛藤編輯部

作者簡介

新美南吉

にいみなんきち

1913年～1943年

新美南吉是一位兒童文學作家。以生活中簡樸的素材所構成的童話，充滿耐人尋味的寓意。其作品「權狐」收錄於日本小學的教科書中。日本愛知縣半田市也設有新美南吉的紀念館。

因生病早逝，所以遺留下來的作品並不是很多。除了童話故事之外，也留下許多童謠、詩、短歌、俳句等作品。代表作品有「權狐」、「老爺爺的煤油燈」、「買手套」、「拴著牛的山茶花樹」等。

- 1913 年　出生於日本愛知縣半田市。本名為渡邊正八。
- 1921 年　被外婆收為養子，並改姓新美。
- 1928 年　開始投稿童謠及詩。
- 1932 年　在「赤い鳥（紅鳥）」文學月刊一月號中刊載「權狐」。
- 1936 年　東京外國語學校英國文學系畢業。
- 1938 年　擔任安城女子高中的教職人員。
- 1941 年　出版第一單行本「良寬物語 小皮球與鐵缽」。
- 1943 年　3 月因病逝世。享年 29 歲。同年 9 月「拴著牛的山茶花樹」、「花木村與盜賊們」2 本童話集相繼出版。

新美南吉紀念館

新美南吉紀念館位於愛知縣半田市常滑區，也就是新美南吉的故鄉。

為了不破壞新美南吉所喜愛的田園美景，特別將記念館設計成半地下式建築，與周圍環境融合。

館內展示了許多新美南吉的作品原稿、遺物、還有重現故事裡的經典場景等。

在紀念館四周，還可以看到有很多作為新美南吉創作靈感的景物。

愛知縣半田市岩滑《やなべ》西町 1-10-1

開館時間：上午９點３０分～下午５點３０分。

休館日：每週星期一，每個月第２個星期二。

入館費：２１０日圓（國中生以下免費），團體２０位以上各１７０日圓。

網址：http://www.nankichi.gr.jp

四大巧思

日語學習好輕鬆

《日中對照，直譯式翻譯》

書中每篇作品均附有中文翻譯，並盡量採直譯式的翻法，讓讀者方便對照好學習。

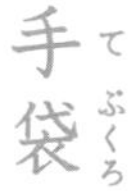

《假名標示、單字文法解析》

為了學習上的方便，書中所有漢字都標示了假名，並針對一些難字與文法作了詳細的註解與說明。

《迷你小知識、擬聲擬態小補充》

各篇故事後面，特別從三篇故事中挑出擬聲擬態語作學習。運用擬聲擬態語，讓文章、談吐變得更生動豐富。內文中，不時會穿插一些相關小知識，讓您在閱讀的同時，對於故事背景有更深入認識。

《搭配樂曲演奏的朗讀 MP3》

特別邀請來自新美南吉家鄉・半田市的日本作曲家 Atsushi Yokoi 為我們提供三首配樂。在作曲家的詮釋下，讓讀者一面聆聽優美的音樂，一面融入新美南吉的童話世界。提升日語聽力，也能學到一口標準的發音。

使用方法

1 建議讀者可以先將書本闔上，靜心聆聽 MP3 朗讀，第一次聽即使無法完全了解內容也無妨，試著讓自己進入聆聽日語的狀態中。多聽幾次，你會發現自己愈能融入新美南吉的童話世界。

2 閱讀本文。請先不要翻閱中文翻譯和單字解說，檢視看看自己究竟了解多少。

3 看看單字文法解說，若仍有不懂的單字，動動手查一下字典。這時候最好還是不要翻閱中文翻譯，然後重新閱讀一次本文。

4 或許你會發現，即使不看中文翻譯，你也已經看懂全文了。若真的還有不懂的地方，最後再參考左頁的中文翻譯。

5 再次聆聽 MP3，讓自己進入新美南吉的童話世界。

略語表

［名］…名詞
［代］…代名詞
［形式名］…形式名詞
［形］…形容詞
［形動］…形容動詞
［助］…助詞
［助動］…助動詞
［感］…感嘆語
［副］…副詞

［連］…連語
［終助］…終助詞
［接助］…接續助詞
［接尾］…接尾語
［格助］…格助詞
［副助］…副助詞
［自動・五段］…自動詞五段活用
［他動・五段］…他動詞五段活用
［自他動・五段］…自動詞・他動詞五段活用

［自動・上一段］…自動詞上一段活用
［他動・上一段］…他動詞上一段活用
［自他動・上一段］…自動詞・他動詞上一段活用
［自動・下一段］…自動詞下一段活用
［他動・下一段］…他動詞下一段活用
［自他動・下一段］…自動詞・他動詞下一段活用
［自動サ變］…自動詞サ行變格活用
［他動サ變］…他動詞サ行變格活用
［自他動サ變］…自動詞・他動詞サ行變格活用

目次《もくじ》

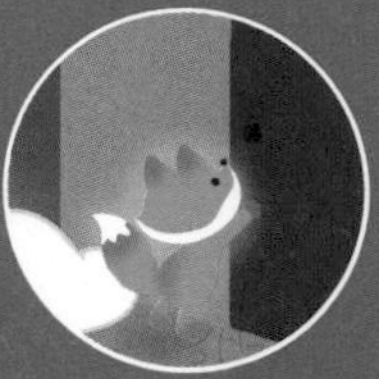

♪情境配樂中日朗讀 MP3

請掃描左方 QR code 或輸入網址收聽：

https://bit.ly/JPstoryNIIMI

＊請注意英文字母大小寫區分

★日文發聲／林鈴子　★中文發聲／常青

♪作曲／Atsushi Yokoi　♪演奏／A&Y

手袋《てぶくろ》を買《か》いに

買手套

寒《さむ》い冬《ふゆ》が北方《ほっぽう》から、狐《きつね》の親子《おやこ》のすんでいる森《もり》へもやってきました。

ある朝《あさ》洞穴《ほらあな》から子《こ》どもの狐《きつね》が出《で》ようとしましたが、

「あっ。」とさけんで眼《め》をおさえながら母《かあ》さん狐《ぎつね》のところへころげてきました。

「母《かあ》ちゃん、眼《め》に何《なに》かささった、ぬいてちょうだい早《はや》く早《はや》く。」といいました。

母《かあ》さん狐《ぎつね》がびっくりして、❶あわてふためきながら、眼《め》をおさえている子《こ》どもの手《て》を❷おそるおそる❸取《と》り除《の》けてみましたが、何《なに》もささってはいませんでした。母《かあ》さん狐《ぎつね》は洞穴《ほらあな》の入口《いりぐち》から外《そと》へ出《で》てはじめてわけがわかりました。昨夜《さくや》のうちに、まっ白《しろ》な雪《ゆき》が❹どっさりふったのです。その雪《ゆき》の上《うえ》からお陽《ひ》さまがキラキラと照《て》らしていたので、雪《ゆき》はまぶしい❺ほど反射《はんしゃ》していたのです。雪《ゆき》を知《し》らなかった子《こ》どもの狐《きつね》は、あまりつよい反射《はんしゃ》をうけたので、眼《め》に何《なに》かささったと思《おも》ったのでした。

05

中

寒冬從北方來到狐狸母子所居住的森林。

某天清晨，當小狐狸正打算鑽出洞穴之際，

「啊！」叫了一聲並捂著眼滾向狐狸媽媽身邊。

「媽媽，我的眼睛不曉得扎到了什麼，快幫我拔掉！快點、快點！」開口嚷道。

狐狸媽媽大吃一驚，在驚慌失措中小心翼翼地移開小狐狸捂著眼睛的雙手一看，並沒有扎到任何東西。狐狸媽媽走出洞穴入口外才恍然大悟。原來昨晚下了滿地皓皓白雪，雪經陽光照射後反射出刺眼的光芒。不曾見過白雪的小狐狸，因爲反光過於刺眼，所以誤以爲眼睛扎到了什麼東西。

❶ **慌《あわ》てふためく**：《自動・五段》驚慌失措、手忙腳亂。

❷ **恐《おそ》る恐《おそ》る**：《副》提心吊膽、戰戰兢兢。

❸ **取《と》り除《の》ける**：《他動・下一段》除掉、拿走、挪開。

❹ **どっさり**：《副》很多、大量。

❺ **ほど**：《名、副助》表程度。

子《こ》どもの狐《きつね》は遊《あそ》びにいきました。真綿《まわた》のように柔《やわら》かい雪《ゆき》の上《うえ》を❶かけまわると、雪《ゆき》の粉《こ》が、❷しぶきのように❸とびちって小《ちい》さい虹《にじ》が❹すっとうつるのでした。

するととつぜん、うしろで、「どたどた、ざーっ。」とものすごい音《おと》がして、パン粉《こ》のような粉雪《こなゆき》が、ふわーっと子狐《こぎつね》に❺おっかぶさってきました。子狐《こぎつね》はびっくりして、雪《ゆき》の中《なか》にころがるようにして十《じゅう》メートルも向《む》こうへにげました。なんだろうと思《おも》ってふりかえってみましたが何《なに》もいませんでした。それは樅《もみ》の枝《えだ》から❻雪《ゆき》がなだれ落《お》ちたのでした。まだ枝《えだ》と枝《えだ》のあいだから白《しろ》い絹糸《きぬいと》のように雪《ゆき》がこぼれていました。

中 小狐狸出去玩耍了。當牠來回奔跑於如綿絮般柔軟的雪地上時，隨之濺起的細雪彷彿水花般映出一道小小的彩虹。

突然，背後響起「啪噠啪噠、喳——」一聲巨大的聲響，宛如麵包粉般的細雪，嘩啦一聲朝小狐狸覆蓋而下。小狐狸嚇了一跳，在雪堆裡翻滾了幾圈逃向對面十公尺之遠，心想那是什麼東西，回頭一看，卻什麼也沒有。其實那只是積雪從冷杉樹的樹枝上崩落下來罷了。猶如純白絲線般的雪花在樹梢間不斷地灑落而下。

❶ **駆《か》け回《まわ》る**：《自動・五段》到處亂跑、奔走。
❷ **飛沫《しぶき》**：《名》飛濺的水花、飛沫。
❸ **飛《と》び散《ち》る**：《自動・五段》飛散。
❹ **すっと**：《副》一下子、立刻。
❺ **おっかぶさる**：《自動・五段》「かぶさる」的強調説法。蓋到…上、把…矇上。
❻ **雪崩《なだれ》落《お》ちる**：《自動・上一段》（雪）崩倒、傾洩而下。

狐福《きつねふく》：意想不到的好運。

まもなく洞穴《ほらあな》へ帰《かえ》ってきた子狐《こぎつね》は、

「お母《かあ》ちゃん、お手々《てて》が冷《つめ》たい、お手々《てて》が❶ちんちんする。」といって、ぬれて牡丹色《ぼたんいろ》になった両手《りょうて》を母《かあ》さん狐《ぎつね》の前《まえ》にさしだしました。

母《かあ》さん狐《ぎつね》は、その手《て》に、はーっと息《いき》を❷ふっかけて、❸ぬくとい母《かあ》さんの手《て》で❹やんわり包《つつ》んでやりながら、

「もうすぐ暖《あたた》かくなるよ、雪《ゆき》をさわると、すぐ暖《あたた》かくなるもんだよ。」といいましたが、かあいい坊《ぼう》やの手《て》に❺霜焼《しもやけ》ができてはかわいそうだから、夜《よる》になったら、町《まち》までいって、坊《ぼう》やのお手々《てて》にあうような毛糸《けいと》の❻手袋《てぶくろ》を買《か》ってやろうと思《おも》いました。

中 不一會兒，回到洞穴的小狐狸便說，
「媽媽，我的手好冷喔！都凍得發麻了。」並將已凍成紫紅色的濡溼雙手伸到狐狸媽媽面前。

狐狸媽媽隨即朝那雙手呼著熱氣，邊用自己暖和的手柔軟地包覆住，

邊說「馬上就變暖和了喔！摸到雪的雙手，馬上就會變溫暖了喔！」心想，可愛的寶寶若是手長凍瘡就太可憐了，等天黑後，再到鎮上幫寶寶買個合適的毛線手套吧！

❶ **ちんちんする**：手腳因凍僵而發麻。
❷ **吹《ふ》っかける**：《他動・下一段》（＝吹《ふ》きかける）吹氣。
❸ **ぬくとい**：（＝あたたかい）溫暖的。
❹ **やんわり**：《副》柔和地、柔軟地。
❺ **霜焼《しもや》け**：（耳、手、足等）凍傷、凍瘡。
❻ **手袋《てぶくろ》**：《名》手套。

暗《くら》い暗《くら》い夜《よる》がふろしきのようなかげをひろげて野原《のはら》や森《もり》を包《つつ》みにやってきましたが、雪《ゆき》はあまり白《しろ》いので、包《つつ》んでも包《つつ》んでも白《しろ》く浮《うか》びあがっていました。

親子《おやこ》の銀狐《ぎんぎつね》は洞穴《ほらあな》から出《で》ました。子《こ》どもの方《ほう》はお母《かあ》さんのお腹《なか》の下《した》へはいりこんで、そこから❶まんまるな眼《め》を❷ぱちぱちさせながら、あっちやこっちをみながら歩《ある》いていきました。

やがて、行手《ゆきて》に❸ぽっつりあかりが一《ひと》つみえはじめました。それを子《こ》どもの狐《きつね》がみつけて、

「母《かあ》ちゃん、お星《ほし》さまは、あんな低《ひく》いところにも落《お》ちてるのねえ。」とききました。

中 黑夜宛如布幕般籠罩了整個原野與森林，但由於積雪實在過於雪白，無論夜幕如何覆蓋，依舊透出白色的亮光。

銀狐母子走出了洞穴。小狐狸鑽進媽媽的肚子下方，圓滾滾的眼睛眨啊眨的，一邊張望著四周一邊走著。

過不久，開始看見前方出現一點亮光。小狐狸看到之後便問道，

「媽媽，星星也會掉到那麼低的地方去啊？」

❶ **真《ま》ん丸《まる》**：《名、形動》渾圓。

❷ **ぱちぱち**：《副、自サ》（眨巴眨巴地）眨眼。

❸ **ぽっつり**：《副》只有一小點。

「あれはお星《ほし》さまじゃないのよ。」といって、そのとき母《かあ》さん狐《ぎつね》の足《あし》は❶すくんでしまいました。

「あれは町《まち》の灯《ひ》なんだよ。」

その町《まち》の灯《ひ》をみたとき、母《かあ》さん狐《ぎつね》は、ある時《とき》町《まち》へお友《とも》だちと出《で》かけていって、❷とんだめにあったことを思《おも》い出《だ》しました。❸およしなさいっていうのもきかないで、お友《とも》だちの狐《きつね》が、ある家《いえ》の家鴨《あひる》をぬすもうとしたので、お百姓《ひゃくしょう》にみつかって、❹さんざ❺追《お》いまくられて、❻命《いのち》からがらにげたことでした。

「母《かあ》ちゃん❼何《なに》してんの、早《はや》くいこうよ。」と子《こ》どもの狐《きつね》がお腹《なか》の下《した》からいうのでしたが、母《かあ》さん狐《ぎつね》はどうしても❽足《あし》がすすまないのでした。

06

中「那並不是星星哦！」狐狸媽媽說道，此時牠已兩腳發軟了。

「那是鎮上的路燈哦！」

看到鎮上的路燈，狐狸媽媽回想起以前曾與朋友一同前往鎮上，卻碰到令人出乎意料的事。因爲朋友不肯聽從她的勸阻，打算偷取某戶人家所飼養的鴨子，被農夫發現後拚命地追趕牠們，可以說是在鬼門關前走了一遭。

「媽媽，妳在做什麼？快一點嘛！」小狐狸從媽媽肚子下方說著。但狐狸媽媽卻不再往前走。

❶ **竦《すく》む**：《自動・五段》畏縮。

❷ **とんだ**：《連體》萬萬沒想到、出乎意料的。

❸ **およしなさい**：請停止、請作罷。

❹ **さんざ**：《副》猛烈、厲害。

❺ **追《お》いまくる**：《他動・五段》追趕。

❻ **命《いのち》からがら逃《に》げた**：死裡逃生。
（命《いのち》からがら：好不容易保住性命。）

❼ **何《なに》してんの**：（＝何《なに》してるの）。

❽ **足《あし》が進《すす》まない**：無法往前進。

そこで、❶しかたがないので、坊《ぼう》やだけをひとりで町《まち》までいかせることになりました。

「坊《ぼう》やお手々《てて》を片方《かたほう》お出《だ》し。」とお母《かあ》さん狐《ぎつね》がいいました。

その手《て》を、母《かあ》さん狐《ぎつね》はしばらくにぎっているあいだに、かわいい人間《にんげん》の子《こ》どもの手《て》にしてしまいました。坊《ぼう》やの狐《きつね》はその手《て》をひろげたり、にぎったり、❷つねってみたり、❸かいでみたりしました。

「なんだか変《へん》だな母《かあ》ちゃん、これなあに？」といって、雪《ゆき》あかりに、またその、人間《にんげん》の手《て》にかえられてしまった自分《じぶん》の手《て》を❹しげしげとみつめました。

「それは人間《にんげん》の手《て》よ。❺いいかい坊《ぼう》や、町《まち》へ行《い》ったらね、たくさん人間《にんげん》の家《いえ》があるからね、まず表《おもて》にまるい❻シャッポの看板《かんばん》のかかっている家《いえ》をさがすんだよ。

中 別無他法，只好讓小狐狸獨自前往鎮上。

「寶寶，伸出你的一隻手。」狐狸媽媽如此說道。

狐狸媽媽握住那隻手片刻，不一會兒就變成了人類小孩的手。小狐狸攤開了那隻手，又握又捏又聞聞看。

「好奇怪喔！媽媽，這是什麼呢？」小狐狸說道，並藉著雪地的反光，仔細端詳自己那隻變成人類的手。

「那是人類的手哦！聽好了寶寶，你到了鎮上會看到很多戶人家，首先要找掛著圓形帽子招牌的人家哦！

❶ **仕方《しかた》がない**：沒有辦法。
❷ **抓《つね》る**：《他動・五段》擰、掐、捏。
❸ **嗅《か》ぐ**：《他動・五段》聞。
❹ **しげしげ**：《副》仔細地。
❺ **いいかい**：聽好了、要注意。「～かい」《終助》表示堅決語氣，促使注意。
❻ **シャッポ**：《名》(法 chapeau) 帽子。

それがみつかったらね、トントンと戸《と》を❶たたいて、こんばんはっていうんだよ。そうするとね、中《なか》から人間《にんげん》が、すこうし戸《と》をあけるからね、その戸《と》のすきまから、こっちの手《て》、ほらこの人間《にんげん》の手《て》をさし入《い》れてね、この手《て》にちょうどいい手袋《てぶくろ》ちょうだいっていうんだよ、わかったね、けっして、こっちのお手々《てて》を出《だ》しちゃだめよ。」と母《かあ》さん狐《ぎつね》は❷いいきかせました。

「どうして？」と坊《ぼう》やの狐《きつね》は❸ききかえしました。

「人間《にんげん》はね、相手《あいて》が狐《きつね》だとわかると、手袋《てぶくろ》を売《う》ってくれないんだよ、❹それどころか、つかまえて檻《おり》の中《なか》へ入《い》れちゃうんだよ、人間《にんげん》ってほんとにこわいものなんだよ。」

「ふーん。」

中

找到之後，你再咚咚地敲門，並說句晚安。如此一來呢、人類會從裡面稍微打開門，然後你就將這隻手，就是這隻人類的手，伸進門縫裡，說請給我適合這雙手的手套，懂了嗎？千萬不可以伸出另外一隻手哦！」狐狸媽媽叮嚀道。

「爲什麼？」小狐狸反問道。

「因爲人類，一旦知道對方是狐狸，就不會賣手套給我們了，而且還會把我們抓到籠子裡呢！人類眞的是很可怕的東西哦！」

「喔！」

❶ **叩《たた》く**：《他動・五段》叩、敲。

❷ **言《い》い聞《き》かせる**：《他動・下一段》教誨、叮嚀。

❸ **聞《き》き返《かえ》す**：《他動・五段》反問。

❹ **それどころか**：《接》不僅如此，而且還…。

16、**虎《とら》の威《い》を借《か》る狐《きつね》**：狐假虎威。

「決《けっ》して、こっちの手《て》を出《だ》しちゃいけないよ、こっちの方《ほう》、ほら人間《にんげん》の手《て》の方《ほう》をさしだすんだよ。」といって、母《かあ》さん狐《ぎつね》は、持《も》ってきた二《ふた》つの白銅貨《はくどうか》を、人間《にんげん》の手《て》の方《ほう》へにぎらせてやりました。

子《こ》どもの狐《きつね》は、町《まち》の灯《ひ》を❶目《め》あてに、雪《ゆき》あかりの野原《のはら》を❷よちよちやっていきました。はじめのうちは一《ひと》つ❸きりだった灯《ひ》が二《ふた》つになり三《みっ》つになり、❹はては十《じゅう》にもふえました。狐《きつね》の子《こ》どもはそれをみて、灯《ひ》には、星《ほし》と同《おな》じように、赤《あか》いのや黄《きいろ》いのや青《あお》いのがあるんだなと思《おも》いました。やがて町《まち》にはいりましたが通《とお》りの家々《いえいえ》はもうみんな戸《と》をしめてしまって、高《たか》い窓《まど》から暖《あたた》かそうな光《ひかり》が、道《みち》の雪《ゆき》の上《うえ》に落《お》ちているばかりでした。

❶目当《めあ》て：《名》目標。

❷よちよち：《副、自サ》搖搖晃晃、東倒西歪。

❸きり：《副助》（＝だけ）只、就、僅。

❹果《は》ては：《副》最後、終於。

「千萬不能伸出這隻手哦！一定要伸出這隻、也就是人類的手哦！」狐狸媽媽說道並將帶來的二枚白銅板放入那隻人類的手裡，讓小狐狸握住。

小狐狸朝著鎮上燈光的方向，搖搖晃晃地走在映滿雪光的原野上。剛開始只見一盞燈，然後變成二盞三盞，最後甚至增加到十盞。小狐狸看著那些燈心想，原來就像天上的星星，有紅的黃的還有藍色的呢！不久後，牠來到了鎮上，但家家戶戶都已緊閉大門，溫暖的燈光，從高處的窗戶灑落在街道的積雪上。

けれど表《おもて》の看板《かんばん》の上《うえ》にはたいてい小《ちい》さな電灯《でんとう》が❶ともっていましたので、狐《きつね》の子《こ》は、それをみながら、帽子屋《ぼうしや》をさがしていきました。自転車《じてんしゃ》の看板《かんばん》や、眼鏡《めがね》の看板《かんばん》やそのほかいろんな看板《かんばん》が、あるものは、新《あたら》しい❷ペンキで画《えが》かれ、あるものは、古《ふる》い壁《かべ》のように❸はげていましたが、町《まち》にはじめてでてきた子狐《こぎつね》にはそれらのものがいったいなんであるかわからないのでした。

とうとう帽子屋《ぼうしや》がみつかりました。お母《かあ》さんが❹道々《みちみち》よく教《おし》えてくれた、黒《くろ》い大《おお》きな❺シルクハットの帽子《ぼうし》の看板《かんばん》が、青《あお》い電燈《でんとう》にてらされてかかっていました。

子狐《こぎつね》は教《おし》えられた❻通《とお》り、トントンと戸《と》を叩《たた》きました。

「こんばんは。」

07

中 門外的招牌上，大都點著小燈，小狐狸一邊望著、邊尋找帽子店。有自行車的招牌、眼鏡的招牌以及其它許多招牌，有些是用新油漆描繪上去，有些像老舊的牆壁般剝落，但對初次來到鎮上的小狐狸而言，完全不曉得那些東西究竟是什麼。

後來，小狐狸終於找到了帽子店。就是媽媽一路上仔細叮嚀牠，畫有黑色大禮帽的招牌，在藍色燈光的照耀下懸掛著。

小狐狸按照媽媽的囑咐，咚咚地敲了門。

「晚安！」

❶ **点《とも》る**：《自動・五段》點著（燈火）。

❷ **ペンキ**：（荷 pek）油漆。

❸ **剥《は》げる**：《自動・下一段》剝落、褪色。

❹ **道々《みちみち》**：《副》一路上。

❺ **シルクハット**：（silk hat）大禮帽。

❻ **～通《とお》り**：《接尾》如…同樣、照…樣。

すると、中《なか》では何《なに》か❶ことこと音《おと》がしていましたがやがて、戸《と》が一寸《いっすん》ほど❷ゴロリとあいて、光《ひかり》の帯《おび》が道《みち》の白《しろ》い雪《ゆき》の上《うえ》に長《なが》くのびました。

子狐《こぎつね》はその光《ひかり》が❸まばゆかったので、❹めんくらって、まちがった方《ほう》の手《て》を、——お母《かあ》さまが出《だ》しちゃいけないといってよく聞《き》かせた方《ほう》の手《て》をすきまからさしこんでしまいました。

「このお手々《てて》にちょうどいい手袋《てぶくろ》ください。」

すると帽子屋《ぼうしや》さんは、❺おやおやと思《おも》いました。狐《きつね》の手《て》です。狐《きつね》の手《て》が手袋《てぶくろ》をくれというのです。これはきっと木《こ》の葉《は》で買《か》いにきたんだなと思《おも》いました。

そこで、「先《さき》にお金《かね》を下《くだ》さい。」といいました。

中 不一會兒，裡面響起一陣叩嗟叩嗟的聲音後，大門便打開約一寸左右的縫隙，細長的光影長長地映在街道的積雪上。

小狐狸因那道光線過於刺眼，一時驚慌失措，竟伸錯了手，將媽媽一再叮嚀絕對不行伸出去的那隻手，往門縫裡伸了進去。

「請給我適合這雙手大小的手套。」

結果帽子店的人一看，忍不住吃了一驚，這是狐狸的手啊！狐狸伸出手說要買手套呢！心想那一定是拿樹葉來買吧！

「請先付錢。」他如此說道。

❶ **ことこと**：《副》硬物連續輕輕敲打的聲音。

❷ **ごろり**：《副》突然地。有一定重量的大型物體轉動或倒下、躺下的樣子。

❸ **まばゆい**：《形》（＝眩《まぶ》しい）炫目的、刺眼的。

❹ **面《めん》食《く》らう**：《他動・五段》（因事出突然而）驚慌失措。

❺ **おや**：《感》表示有點驚訝、疑問或失望的語氣。

子狐《こぎつね》はすなおに、にぎってきた白銅貨《はくどうか》を二《ふた》つ帽子屋《ぼうしや》さんにわたしました。帽《ぼう》子屋《しや》さんはそれを人《ひと》さし指《ゆび》のさきに❶のっけて、❷カチ合《あわ》せてみると、チンチンとよい音《おと》がしましたので、これは木《こ》の葉《は》じゃない、ほんとのお金《かね》だと思《おも》いましたので、棚《たな》から子《こ》ども用《よう》の毛糸《けいと》の手袋《てぶくろ》をとり出《だ》してきて子狐《こぎつね》の手《て》に持《も》たせてやりました。子狐《こぎつね》は、お礼《れい》をいってまた、もときた道《みち》を帰《かえ》りはじめました。

「お母《かあ》さんは、人間《にんげん》は恐《おそ》ろしいものだっておっしゃったが❸ちっともおそろしくないや。だってぼくの手《て》をみてもどうもしなかったもの。」と思《おも》いました。けれど子狐《こぎつね》はいったい人間《にんげん》なんてどんなものかみたいと思《おも》いました。

ある窓《まど》の下《した》を通《とお》りかかると、人間《にんげん》の声《こえ》がしていました。なんというやさしい、なんという美《うつく》しい、なんという❹おっとりした声《こえ》なんでしょう。

中 小狐狸便乖乖地將緊握住的兩枚白銅板遞給帽子店的人。那人將銅板放在食指上互相敲碰，發出叮叮的美妙聲響，心想，這不是樹葉，而是眞的錢，便從架上拿出小孩用的毛線手套，讓小狐狸拿在手裡。小狐狸道了謝，便沿著剛才來的路開始往回走。

「媽媽說人類很可怕，但卻一點也不可怕嘛！他們看到我的手也沒怎麼樣呀！」小狐狸如此想著。

但牠還是想看看人類究竟是長得什麼樣了。

當牠經過某扇窗戶下方時，傳來人類的聲音。相當溫柔、悅耳且平穩的聲音。

❶ **のっける**：《他動・下一段》上衣和下服（褲裙）、日本江戸時代武士禮服的一種。

❷ **カチ合《あ》わせる**：互相撞擊。

❸ **ちっとも**：《副》一點兒（也不）。

❹ **おっとりする**：《副、自動サ變》穩重大方。

「ねむれ　ねむれ
母《はは》の胸《むね》に、
ねむれ　ねむれ
母《はは》の手《て》に――」

子狐《こぎつね》はそのうた声《ごえ》は、きっと人間《にんげん》のお母《かあ》さんの声《こえ》にちがいないと思《おも》いました。だって、子狐《こぎつね》がねむるときにも、やっぱり母《かあ》さん狐《ぎつね》は、あんなやさしい声《こえ》で❶ゆすぶってくれるからです。

するとこんどは、子《こ》どもの声《こえ》がしました。

🔈08

中

「睡吧　睡吧
在媽媽的懷裡
睡吧　睡吧
在媽媽的手臂裡——」

小狐狸心想，那一定是人類媽媽的歌聲。因爲每當小狐狸要睡覺時，狐狸媽媽也都是用這般溫柔的聲音來搖著自己入睡。

接著牠聽到人類小孩的聲音。

❶ **揺《ゆ》す振《ぶ》る**：《他動・五段》搖動、搖晃。

「母《かあ》ちゃん、こんな寒《さむ》い夜《よる》は、森《もり》の子狐《こぎつね》は寒《さむ》い寒《さむ》いってないてるでしょうね。」

すると母《かあ》さんの声《こえ》が、

「森《もり》の子狐《こぎつね》もお母《かあ》さん狐《ぎつね》のおうたをきいて、洞穴《ほらあな》の中《なか》でねむろうとしているでしょうね。さあ坊《ぼう》やも早《はや》く❶ねんねしなさい。森《もり》の子狐《こぎつね》と坊《ぼう》やとどっちが早《はや》くねんねするか、きっと坊《ぼう》やの方《ほう》が早《はや》くねんねしますよ。」

それをきくと子狐《こぎつね》は急《きゅう》にお母《かあ》さんが恋《こい》しくなって、お母《かあ》さん狐《ぎつね》の待《ま》っている方《ほう》へとんでいきました。

お母《かあ》さん狐《ぎつね》は、心配《しんぱい》しながら、坊《ぼう》やの狐《きつね》の帰《かえ》ってくるのを、いまかいまかと❷ふるえながら待《ま》っていましたので、坊《ぼう》やがくると、暖《あたた》かい胸《むね》にだきしめてなきたいほど喜《よろこ》びました。

中

「媽媽，在這麼寒冷的夜裡，森林的小狐狸應該會冷到哭出來吧！」

媽媽的聲音回答道，

「森林的小狐狸應該也聽著狐狸媽媽的歌，在洞穴裡正要睡覺了吧！所以寶寶也趕快睡吧！森林的小狐狸和寶寶誰會先睡著呢？一定是寶寶比較快睡著吧！」

聽到這裡，小狐狸突然想念起媽媽，於是便朝向狐狸媽媽等候的地方飛奔而去。

狐狸媽媽邊擔心，顫抖著身子殷切盼望地等著小狐狸的歸來。當小狐狸平安歸來時，隨即將牠擁入溫暖的懷裡，高興得忍不住想落下淚來。

❶ **ねんね**：《名、自動サ變》睡覺。

❷ **震《ふる》える**：《自動・下一段》顫抖、發抖。

二匹《にひき》の狐《きつね》は森《もり》の方《ほう》へ帰《かえ》っていきました。月《つき》が出《で》たので、狐《きつね》の❶毛《け》なみが銀色《ぎんいろ》に光《ひか》り、その足《あし》あとには、❷コバルトのかげがたまりました。

「母《かあ》ちゃん、人間《にんげん》ってちっともこわかないや。」

「どうして?」

「坊《ぼう》、まちがえてほんとうのお手々《てて》出《だ》しちゃったの。でも帽子屋《ぼうしや》さん、つかまえやしなかったもの。ちゃんとこんないい暖《あたた》かい手袋《てぶくろ》くれたもの。」と言《い》って手袋《てぶくろ》の❸はまった両手《りょうて》を

❹パンパンやってみせました。お母《かあ》さん狐《ぎつね》は、

「まあ！」と❺あきれましたが、「ほんとうに人間《にんげん》はいいものかしら。ほんとうに人間《にんげん》はいいものかしら。」とつぶやきました。

❶**毛並《けな》み**：《名》動物毛長的樣子。
❷**コバルト**：《名》(cobalt) 蔚藍色、天藍色。
❸**嵌《は》まる**：《自動・五段》吻合、套著。
❹**パンパン**：《副》平坦的東西互相敲擊拍打的聲音。
❺**呆《あき》れる**：《自動・下一段》（因事出意外而）嚇呆。

中 於是兩隻狐狸便朝著森林的方向走回家。月亮探出了臉，在狐狸的毛皮上映照出銀色的光輝，同時也留下了深藍色般的陰影。

「媽媽，人類一點都不可怕呢！」

「為什麼？」

「我伸錯了手，把原本的手給伸出去了。可是帽子店的人並沒有抓我，而且還給了我這麼溫暖的手套哦！」牠啪啪地拍了一下戴了手套的雙手給媽媽看。

「哎呀！」狐狸媽媽十分驚訝。「人類真的那麼好嗎？人類真的那麼好嗎？」喃喃自語地說道。

きつね焼《や》き：將食材烤出狐狸色（淺棕色）。

【恐恐《おそるおそる》】 1

提心吊膽、戰戰兢兢。

★子供《こども》たちは**恐《おそ》る恐《おそ》る**ライオンを見《み》た。

★孩子們戰戰競競地看著獅子。

【キラキラ】 2

閃閃發亮。

★今日《きょう》は星《ほし》が**キラキラ**輝《かがや》いている。

★今天的星星閃閃發亮。

【どたどた】 3

形容笨重地、沉重地。

★雪《ゆき》が**どたどた**屋根《やね》から落《お》ちてきた。

★雪啪噠啪噠地從屋頂上掉下來。

【ざーっ】 4

嘩啦聲，傾瀉而下的聲音。

★雨《あめ》が**ざーっ**と降《ふ》ってきた。

★嘩的一聲突然下起雨來。

【ふわっーと】5

嘩啦聲。

★粉雪《こなゆき》が**ふわっーと**かぶさってきた。

★細雪嘩啦一聲覆蓋而下。

【はーっと】6

吐氣的樣子。

★寒《さむ》いから手《て》に息《いき》を**はーっと**吹《ふ》きかけた。

★因為很冷，所以往手心呼了一口氣。

【ぱちぱち】7

（眨巴眨巴地）眨眼。

★いろいろ興《きょう》味《み》があって眼《め》を**ぱちぱち**してまわりをみた。

★眼睛眨巴眨巴地，很有興趣的看著四周。

【しげしげ】8

仔細地、來來回回地。

★**しげしげ**と顔《かお》を見《み》る。

★仔細地端詳著臉。

【トントン】9

敲門聲。

★ドアを**トントン**叩《たた》く。

★叩叩叩地敲著門。

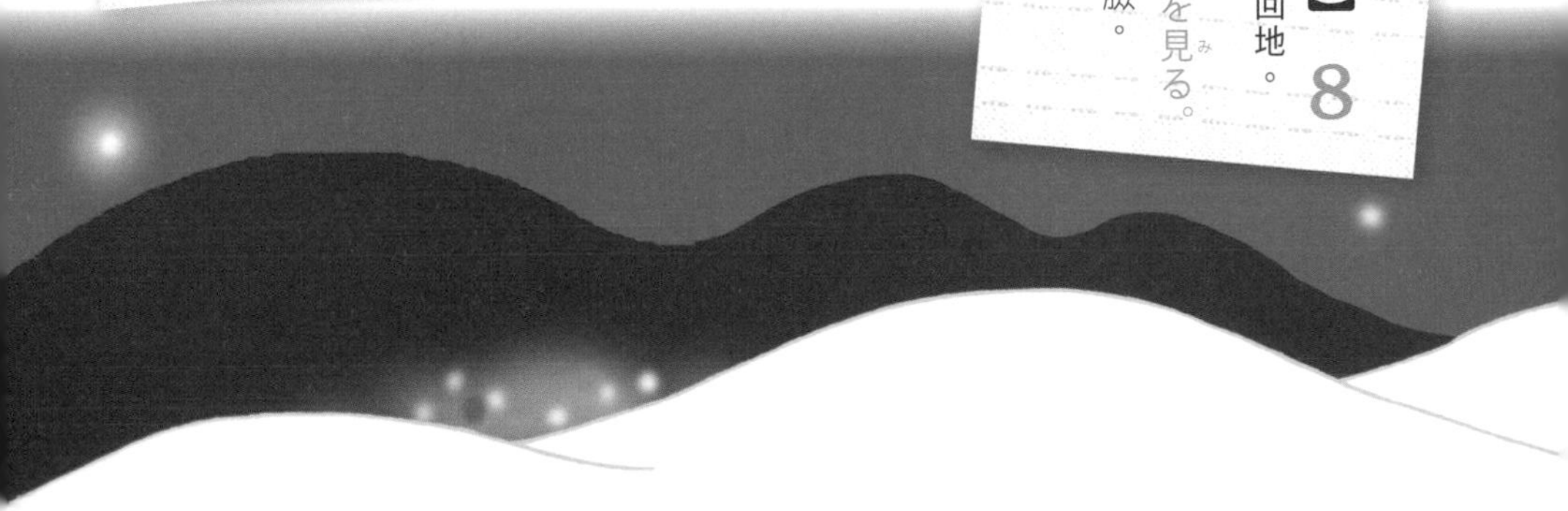

故事裡的擬聲擬態 09

10

【ふーん】

表示正在思考或是懷疑、驚訝的語氣。

★（本《ほん》を読《よ》みながら）**ふーん**、なるほど、そういうことか。

★（一面讀著書）嗯，原來如此，是這樣啊。

11

【よちよち】

搖搖晃晃、東倒西歪。

★赤《あか》ちゃんが**よちよち**歩《ある》いている。

★小孩走起路來搖搖晃晃。

12

【とうとう】

總算、終於。

★**とうとう**目的地《もくてきち》の場所《ばしょ》に着《つ》いた。

★總算抵達目的地了。

13

【みちみち】

一路上、沿路不斷地。

★お母《かあ》さんが帰《かえ》る**みちみち**教《おし》えてくれた。

★媽媽在回家路上不斷地叮嚀我。

14

【ごろり】

有一定重量的大型物體轉動或倒下、躺下的樣子。

★大《おお》きいドアが**ゴロリ**と開《あ》いた。

★大門扣隆地打開了。

15

【チンチン】

銅板互相撞擊的聲音。

★二枚《にまい》のコインをぶつけて**チンチン**音《おと》を鳴《な》らす。

★兩枚銅板互相撞擊發出清脆的聲音。

16

【ゆすぶる】

搖動的樣子。

★毎朝《まいあさ》、お母《かあ》さんは、子供《こども》を**ゆさぶって**起《お》こしている。

★媽媽每天早上都得把小孩搖醒。

17

【まぁ】

嚇呆時發出來的感嘆聲。

★**まぁ**、不思議《ふしぎ》、呆《あき》れたわ。

★哎呀，不可思議。嚇呆了。

權狐

ごん狐《ぎつね》

一

これは、私《わたし》が小《ちい》さいときに、村《むら》の茂平《もへい》というおじいさんからきいたお話《はなし》です。

むかしは、私《わたし》たちの村《むら》のちかくの、中山《なかやま》というところに小《ちい》さなお城《しろ》があって、中山《なかやま》さまというお❶とのさまが、❷おられたそうです。

その中山《なかやま》から、すこしはなれた山《やま》の中《なか》に、「ごん狐《ぎつね》」という狐《きつね》がいました。ごんは、❸ひとりぼっちの小狐《こぎつね》で、❹しだのいっぱい❺しげった森《もり》の中《なか》に穴《あな》をほって住《す》んでいました。そして、夜《よる》でも昼《ひる》でも、あたりの村《むら》へ出《で》てきて、いたずら❻ばかりしました。はたけへはいって芋《いも》を❼ほりちらしたり、❽菜種《なたね》がらの、ほしてあるのへ火《ひ》をつけたり、❾百姓家《ひゃくしょうや》の裏手《うらて》につるしてある❿とんがらしを⓫むしりとって、いったり、いろんなことをしました。

16

中 這是在我小時候，從村裡的茂平爺爺那裡聽來的故事。

從前，我們村莊附近名爲中山的地方裡有一座小城。聽說那裡住著一位名叫中山的城主大人。

在距離中山城有一小段路的山裡，住著一隻名叫「權狐」的狐狸。權是一隻孤伶伶的小狐，牠在種滿了蕨類植物的森林裡挖了一個洞穴住在裡面。

而且，不論夜晚或白天，牠都會跑到附近一帶的村莊去惡作劇。例如跑到菜園裡去把芋頭挖得亂七八糟，或是往曬乾的油菜籽殼堆點一把火，甚至還拔掉懸掛在農家後方的辣椒，做過各式各樣的惡作劇。

❶ **殿様《とのさま》**：《名》老爺、大人。

❷ **おられる**：いる的敬語形，但尊敬程度較低。

❸ **一人《ひとり》ぼっち**：《名》孤單一人、無依無靠。

❹ **しだ**：《名》（植）羊齒類。蕨類、石松的總稱。

❺ **茂《しげ》る**：《自動・五段》（草木）繁茂、茂密、茂盛。

❻ **ばかり**：《副助》只、光、淨。

❼ **掘《ほ》り散《ち》らす**：胡亂挖。挖得亂七八糟。

❽ **菜種《なたね》**：《名》油菜籽。

❾ **百姓家《ひゃくしょうや》**：《名》農戶、農家。

❿ **とんがらし**：《名》（＝とうがらし）辣椒。

⓫ **むしる**：《他動・五段》拔、揪。

ある秋《あき》のことでした。二《に》、三日《さんにち》雨《あめ》がふりつづいたそのあいだ、ごんは、外《そと》へも出《で》られなくて穴《あな》の中《なか》に❶しゃがんでいました。

❷雨《あめ》があがると、ごんは、ほっとして穴《あな》から❸はい出《で》ました。空《そら》はからっと晴《は》れていて、❹百舌鳥《もず》の声《こえ》がきんきん、ひびいていました。

ごんは、村《むら》の小川《おがわ》の堤《つつみ》まで出《で》てきました。あたりの、すすきの穂《ほ》には、まだ雨《あめ》の❺しずくが光《ひか》っていました。川《かわ》はいつもは水《みず》が少《すく》ないのですが、三日《みっか》もの雨《あめ》で、水《みず》が、❻どっと増《ま》していました。❼ただのときは水《みず》に❽つかることのない、川《かわ》べりのすすきや、萩《はぎ》の株《かぶ》が、黄《き》いろく❾にごった水《みず》に❿横《よこ》だおしになって、⓫もまれています。ごんは川下《かわしも》の方《ほう》へと、⓬ぬかるみみちを歩《ある》いていきました。

中 某年秋天，大雨一連下了兩三天，讓權根本無法外出，只能窩在洞穴裡。

等到雨停之後，權才鬆了一口氣爬出洞穴。此時天空萬里無雲、一片晴朗，伯勞鳥清脆的鳴叫聲響徹天際。

權來到了村落的河堤。一旁的芒草穗上還閃耀著方才落下的雨滴。河川的水量一向不多，但因連續三天降雨的緣故，水量一下子增多。連平常淹不到水的地方，如河畔的芒草、胡枝子的根株，都被黃色混濁的河水給沖得歪七扭八倒在一旁。權沿著泥濘的小路朝河川下游走去。

❶ **しゃがむ**：《自動・五段》（＝かがむ）蹲。
❷ **雨《あめ》があがる**：雨停。
❸ **這《は》い出《で》る**：《自動・下一段》爬出。
❹ **百舌鳥《もず》**：《名》伯勞鳥。
❺ **滴《しずく》**：《名》水滴。
❻ **どっと**：《副》（風、雨）驟然、一下子。
❼ **ただのとき**：（＝ふだん）平常。
❽ **浸《つ》かる**：《自動・五段》（＝ひたる）淹、浸、泡。
❾ **濁《にご》る**：《自動・五段》渾濁、不透明。
❿ **横倒《よこだお》し**：《名》橫倒、倒。
⓫ **もむ**：《他動・五段》亂成一團、互相擁擠。
⓬ **泥濘《ぬかるみ》**：《名》泥濘。

 きつね寿司《ずし》＝いなり寿司《ずし》：狐狸壽司・豆皮壽司・稻荷壽司。

ふとみると、川《かわ》の中《なか》に人《ひと》がいて、何《なに》かやっています。ごんは、みつからないように、❶そうっと草《くさ》の深《ふか》いところへ歩《ある》きよって、そこからじっとのぞいてみました。

「兵十《ひょうじゅう》だな。」と、ごんは思《おも》いました。

兵十《ひょうじゅう》は❷ぼろぼろの黒《くろ》いきものを❸まくし上《あ》げて、腰《こし》のところまで水《みず》にひたりながら、魚《さかな》をとる、はりきりという、網《あみ》を❹ゆすぶっていました。はちまきをした顔《かお》の❺横《よこ》っちょに、まるい萩《はぎ》の葉《は》が一《いち》まい、大《おお》きな黒子《ほくろ》みたいにへばりついていました。

しばらくすると、兵十《ひょうじゅう》は、はりきり網《あみ》の一《いち》ばんうしろの、袋《ふくろ》のようになったところを、水《みず》の中《なか》からもちあげました。その中《なか》には、芝《しば》の根《ね》や、草《くさ》の葉《は》や、❻くさった木《き》ぎれなどが、❼ごちゃごちゃ入《はい》っていましたが、でもところどころ、白《しろ》いものがきらきら光《ひか》っています。それは、ふというなぎの腹《はら》や、大《おお》きなきすの腹《はら》でした。

中 突然，牠看見有人站在河川裡，似乎在做著某件事。權爲了不被發現，便悄悄走近草叢深處，從那裡目不轉睛地窺伺著對方的動靜。

「原來是兵十啊！」權思忖道。

兵十捲起他那破爛不堪的黑色衣服，浸在水深及腰的河川裡捕魚，晃動著捕魚網。在他頭纏布巾的側臉上，黏著一片圓圓的胡枝子葉，宛如一顆大大的黑痣。

過一會兒，兵十將魚網最末端處袋狀的部份自水中撈起。那裡面塞滿了草根、草葉和腐爛的碎木片等雜七雜八的東西，但也四處可見白色的物體在閃閃發光著。那正是肥美的鰻魚肚以及肥碩的沙鮻魚肚。

❶ **そうっと**：《副》（＝そっと）靜悄悄地。

❷ **ぼろぼろ**：《名、副》破爛不堪。

❸ **捲《まく》し上《あ》げる**：《他動・下一段》捲起、挽起。

❹ **揺《ゆ》す振《ぶ》る**：《他動・五段》搖晃。

❺ **横《よこ》っちょ**：《名》側面。

❻ **腐《くさ》る**：腐敗《ふはい》する《自動・五段》腐爛。

❼ **ごちゃごちゃ**：《副、自サ》雜亂、亂七八糟。

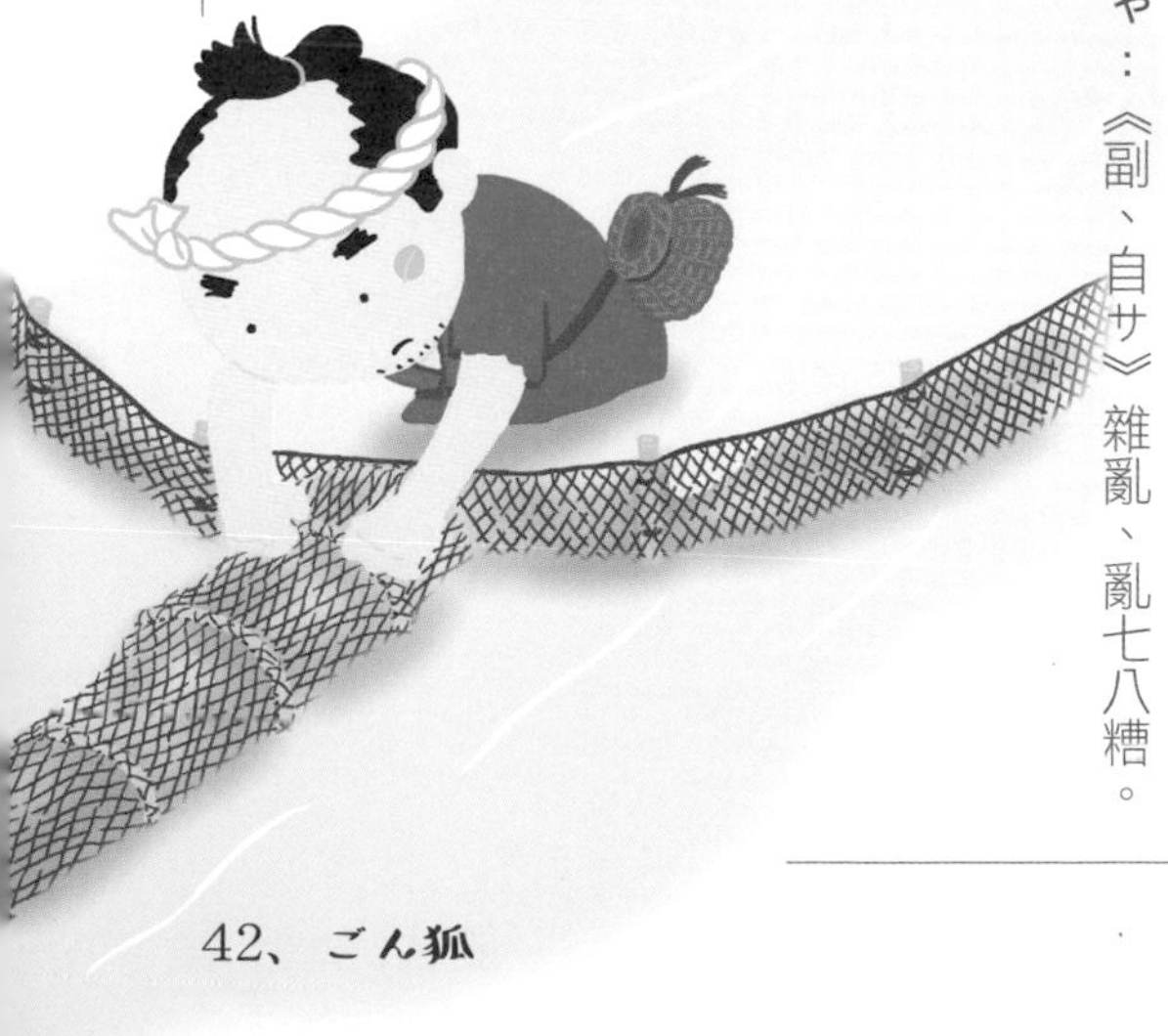

兵十《ひょうじゅう》は、❶びくの中《なか》へ、そのうなぎやきすを、ごみと一《いっ》しょに❷ぶちこみました。そしてまた、袋《ふくろ》の口《くち》を❸しばって、水《みず》の中《なか》へ入《い》れました。

兵十《ひょうじゅう》はそれから、びくをもって川《かわ》から上《あ》がりびくを土手《どて》においといて、何《なに》をさがしにか、川上《かわかみ》の方《ほう》へかけていきました。

兵十《ひょうじゅう》がいなくなると、ごんは、❹ぴょいと草《くさ》の中《なか》からとび出《だ》して、びくのそばへ❺かけつけました。ちょいと、いたずらがしたくなったのです。ごんはびくの中《なか》の魚《さかな》をつかみ出《だ》しては、はりきり網《あみ》のかかっているところより下手《しもて》の川《かわ》の中《なか》を❻目《め》がけて、❼ぽんぽんなげこみました。どの魚《さかな》も、「とぼん」と音《おと》を立《た》てながらにごった水《みず》の中《なか》へ❽もぐりこみました。

中

兵十將鰻魚和沙鮻，連同垃圾一起扔進了魚簍裡。然後再次束緊袋口，放入水裡。

接下來兵十提起魚簍上了河堤，先將魚簍放在地上，然後彷彿在找什麼似的，急忙往河川上游處走去。

一看到兵十不在，權輕輕地從草叢裡跳出來，跑向魚簍的旁邊。想稍微惡作劇一下。權將魚簍裡的魚抓了出來，瞄準比魚網更下游的地方，一尾一尾地丟進去。每一尾魚都「噗通」一聲地鑽進了混濁的水裡。

❶ **びく**：《名》魚簍。
❷ **打《ぶ》ち込《こ》む**：《他動・五段》投入、扔進。
❸ **縛《しば》る**：《他動・五段》綁、綑。
❹ **ぴょいと**：《副》輕輕地跳起。
❺ **駆《か》け付《つ》ける**：《自動・下一段》跑到、急忙來到。
❻ **目《め》掛《が》ける**：《他動・下一段》作為目標。
❼ **ぽんぽん**：《副》連續發出的砰砰聲。
❽ **潜《もぐ》り込《こ》む**：《自動・五段》鑽進。

一《いち》ばんしまいに、太《ふと》いうなぎをつかみ❶にかかりましたが、何《なに》しろ❷ぬるぬるとすべりぬけるので、手《て》ではつかめません。ごんは❸じれったくなって、頭《あたま》をびくの中《なか》につっこんで、うなぎの頭《あたま》を口《くち》に❹くわえました。うなぎは、キュッといってごんの首《くび》へまきつきました。そのとたんに兵十《ひょうじゅう》が、向《む》こうから、

「うわァ❺ぬすと狐《ぎつね》め。」と、❻どなりたてました。

ごんは、びっくりしてとびあがりました。うなぎを❼ふりすててにげようとしましたが、うなぎは、ごんの首《くび》にまきついたままはなれません。ごんはそのまま横《よこ》っとびにとび出《だ》していっしょうけんめいに、にげていきました。

中

當權正打算捉起最後一尾肥美的鰻魚時，卻因魚身十分滑溜，怎麼也抓不住。權也不耐煩了起來，一頭鑽進魚簍裡，用嘴巴銜住鰻魚的頭。沒想到鰻魚緊緊地纏住了權的脖子。此時，

「喂、你這隻小偷狐狸！」兵十從對面怒罵而來。

權聞聲嚇得驚跳起來。原本打算丟下鰻魚逃跑，但鰻魚卻緊緊纏住權的頸部不放。權只好任憑鰻魚緊纏住自己，奮力地往旁邊一跳，拼命地逃走了。

❶ **～にかかる**：（＝にとりかかる）著手、從事⋯。

❷ **ぬるぬる**：《副、自サ》滑溜。

❸ **じれったい**：《形》令人焦急的、不耐煩的。

❹ **くわえる**：《他動・下一段》叼、銜。

❺ **ぬすと狐《ぎつね》**：（＝どろぼう狐《ぎつね》）小偷狐狸。

❻ **怒《ど》鳴《な》り立《た》てる**：《自動・下一段》大聲喊叫、大聲斥責。

❼ **振《ふ》り捨《す》てる**：《他動・下一段》扔下不管、拋棄、丟棄。

きつねにつままれる：被狐狸給迷惑了。發生意外時感到不失所措。

ほら穴《あな》の近《ちか》くの、はんの木《き》の下《した》でふりかえってみましたが、兵十《ひょうじゅう》は追《お》っかけてはきませんでした。

ごんは、ほっとして、うなぎの頭《あたま》を❶かみくだき、やっとはずして穴《あな》のそとの、草《くさ》の葉《は》の上《うえ》にのせておきました。

❶ 噛《か》み砕《くだ》く：《他動・五段》咬碎、咬爛。

中 權跑回洞穴附近的赤楊樹下回頭張望時，才發現兵十並沒有追上來。

此時權才鬆了口氣，將鰻魚頭咬爛，才總算得以解脫，然後便將鰻魚扔在洞穴外的草地上。

二

十日《とおか》ほどたって、ごんが、弥助《やすけ》というお百姓《ひゃくしょう》の家《いえ》のうらをとおりかかりますと、そこの、いちじくの木《き》のかげで、弥助《やすけ》の家内《かない》が、❶おはぐろをつけていました。鍛冶屋《かじや》の新兵衛《しんべえ》の家《いえ》のうらをとおると、新兵衛《しんべえ》の家内《かない》が❷かみをすいていました。ごんは、

「ふふん、村《むら》に何《なに》かあるんだな。」と思《おも》いました。

「なんだろう、秋祭《あきまつ》りかな。祭《まつ》りなら、太鼓《たいこ》や笛《ふえ》の音《おと》がしそうな❸ものだ。それに第一《だいいち》、お宮《みや》にのぼりが立《た》つはずだが。」

17

中 約過了十天，權經過農夫彌助的住家後方時，看見彌助的內助在無花果樹蔭下，正在染黑牙。而經過打鐵匠新兵衛的住家後方時，發現新兵衛的內助正在梳頭髮。

「嗯、村裡可能有什麼事吧！」

權心想。

「是什麼事呢？是秋祭嗎？如果是祭典的話，應該會有鼓聲或笛聲才是呀！而且，神社應該會先豎起旗子啊！」

❶ **お歯黒《はぐろ》**：《名》染黑牙。將牙齒染黑，亦指其藥液。從前上流階級的婦人或結婚時，婦女會將牙齒染黑。

❷ **髪《かみ》を梳《す》く**：梳頭髮。

❸ **～ものだ**：表「當然」，即按照常理應該要這麼做。應該…、要…。

こんなことを考《かんが》えながらやってきますと、いつのまにか、表《おもて》に赤《あか》い❶井戸《いど》のある、兵十《ひょうじゅう》の家《いえ》の前《まえ》へきました。その小《ちい》さな、こわれかけた家《いえ》の中《なか》には、大勢《おおぜい》の人《ひと》があつまっていました。❷よそいきの着物《きもの》を着《き》て、腰《こし》に❸手《て》ぬぐいをさげたりした女《おんな》たちが、表《おもて》のかまどで❹火《ひ》をたいています。大《おお》きな鍋《なべ》の中《なか》では、何《なに》か❺ぐずぐずにえていました。

「ああ、葬式《そうしき》だ。」と、ごんは思《おも》いました。

「兵十《ひょうじゅう》の家《いえ》のだれが死《し》んだんだろう。」

中 權一邊想著這件事一邊往前走，不知不覺來到了大門外有個紅色水井的兵十家門前。在那既小又破舊的屋裡聚集了許多人。穿著正式衣服，腰際垂掛著手巾的女人們在門口的爐灶裡生著火。偌大的鍋爐裡，正熱滾滾地煮著東西。

「啊啊、是葬禮。」權思忖著。

「兵十家的誰過世了吧！」

❶ **井戸**《いど》：《名》井。

❷ **よそ行**《い》**き**：出門穿的衣服、漂亮衣服。

❸ **手**《て》**ぬぐい**：《名》用來擦臉、手、身體的布。布手巾、手巾。

❹ **火**《ひ》**を焚**《た》**く**：生火。

❺ **ぐずぐず**：《副》東西烹煮時發出的聲音。

おひるがすぎると、ごんは、村《むら》の墓地《ぼち》へいって、六地蔵《ろくじぞう》さんのかげにかくれていました。いいお天気《てんき》で、遠《とお》く向《む》こうには、お城《しろ》の屋根瓦《やねがわら》が光《ひか》っています。墓地《ぼち》には、ひがん花《ばな》が、赤《あか》い布《きれ》のようにさきつづいていました。と、村《むら》の方《ほう》から、カーン、カーン、と鐘《かね》が鳴《な》ってきました。葬式《そうしき》の出《で》る❶合図《あいず》です。

やがて、白《しろ》い着物《きもの》を着《き》た葬列《そうれつ》のものたちがやってくるのが❷ちらちらみえはじめました。話声《はなしごえ》も近《ちか》くなりました。葬列《そうれつ》は墓地《ぼち》へはいってきました。人びとが通《とお》ったあとには、ひがん花《ばな》が、❸ふみおられていました。

ごんは❹のびあがってみました。兵十《ひょうじゅう》が、白《しろ》い❺かみしもをつけて、位牌《いはい》をささげています。いつもは赤《あか》いさつま芋《いも》みたいな元気《げんき》のいい顔《かお》が、きょうは何《なん》だか❻しおれていました。

中 一過中午，權便跑到村裡的墓地，躲在六地藏菩薩的後面。天氣十分晴朗，位於遠方的城堡屋瓦在陽光下閃耀著光芒。盛開綻放的彼岸花宛如紅布般鋪滿了整塊墓地。此時從村裡傳來一陣鐘聲，噹噹地響著。那正是出殯的信號。

不久，就隱約地看到身穿白色衣服的送葬隊伍朝這邊走來，談話聲也愈來愈清晰了。送葬隊伍走進墓地後，人們行經之處的彼岸花，都被踩扁了。

權踮起腳尖窺視著。兵十穿著一身全白的武士禮服，手捧牌位。他那一向如同紅蕃薯般精神奕奕的臉龐，如今卻是一臉無精打采。

❶ **合図《あいず》**：《名、自動サ變》信號。

❷ **ちらちら**：《副、自動サ變》斷斷續續、時隱時現。

❸ **踏《ふ》み折《お》る**：《他動・五段》踩斷。

❹ **伸《の》び上《あ》がる**：《自動・五段》踮起腳。

❺ **かみしも**：《名》上衣和下服（褲裙）、日本江戶時代武士禮服的一種。

❻ **萎《しお》れる**：《自動・下一段》孤單一人、無依無靠。

「ははん、死《し》んだのは兵十《ひょうじゅう》のお母《かあ》だ。」

ごんはそう思《おも》いながら、頭《あたま》を❶ひっこめました。

その晩《ばん》、ごんは、穴《あな》の中《なか》で考《かんが》えました。

「兵十《ひょうじゅう》のお母《かあ》は、❷床《とこ》についていて、うなぎが食《た》べたいといった❸にちがいない。それで兵十《ひょうじゅう》がはりきり網《あみ》をもち出《だ》したんだ。ところが、わしがいたずらをして、うなぎをとってきてしまった。だから兵十《ひょうじゅう》は、お母《かあ》にうなぎを食《た》べさせることができなかった。そのままお母《かあ》は、死《し》んじゃったにちがいない。ああ、うなぎが食《た》べたい、うなぎが食《た》べたいとおもいながら、死《し》んだんだろう。ちよッ、あんないたずらを❹しなけりゃよかった。」

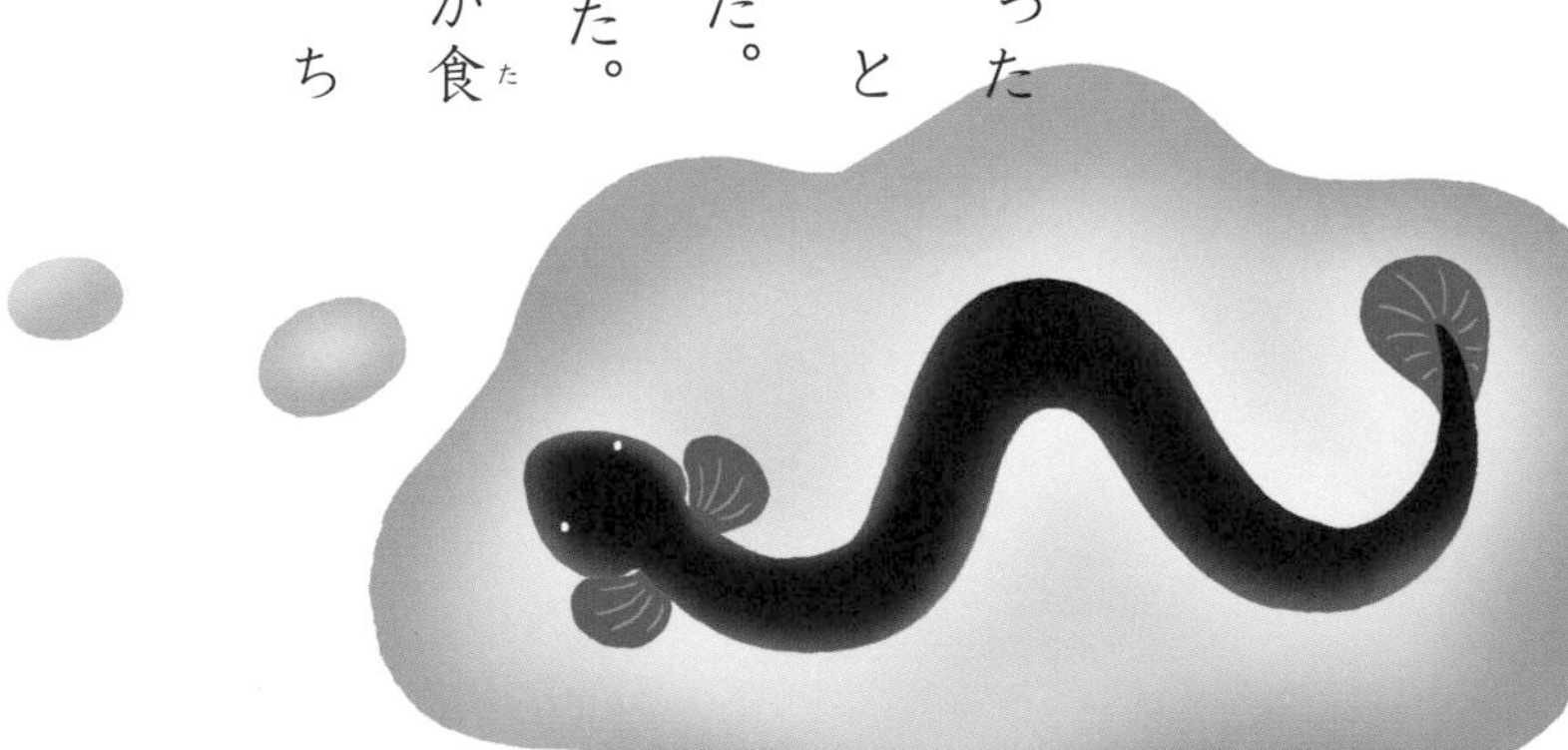

中

「啊啊、原來去世的是兵十的母親呀！」

權一邊想著，一邊將頭給縮了回來。

當天夜裡，權在洞穴裡想著。

「兵十的母親臥病在床時，一定說過她想吃鰻魚，所以兵十才會帶著魚網出去捕魚。但我卻惡作劇把鰻魚捉走了，所以兵十才沒能讓他母親吃到鰻魚。他母親想必是沒吃到鰻魚就去世了。啊啊，她大概是抱著想吃鰻魚、想吃鰻魚的念頭而去世的吧！唉、如果我沒開那種玩笑就好了。」

❶ 引《ひ》っ込《こ》める：《他動・下一段》縮回、低下。

❷ 床《とこ》に就《つ》く：臥病在床。

❸ ～にちがいない：絕對…沒錯。

❹ しなけりゃ：（＝しなければ）。

三

兵十《ひょうじゅう》が、赤《あか》い井戸《いど》のところで、麦《むぎ》をといでいました。

兵十《ひょうじゅう》はいままで、お母《かあ》とふたりきりで貧《まず》しいくらしをしていたもので、お母《かあ》が死《し》んでしまっては、もうひとりぼっちでした。

「おれと同《おな》じひとりぼっちの兵十《ひょうじゅう》か。」

こちらの❶物置《ものおき》のうしろから見《み》ていたごんは、そう思《おも》いました。

ごんは物置《ものおき》のそばをはなれて、向《む》こうへいきかけますと、どこかで、いわしを売《う》る声《こえ》がします。

中

兵十在紅色水井處淘洗著小麥。

兵十一直以來都和母親兩人相依爲命地過著貧苦的生活，母親過世後，他就變成孤苦伶仃一個人了。

「兵十和我一樣都是孤伶伶一個人啊！」

從庫房後方看著兵十的權如此想著。

權離開庫房，正準備跑向對面時，從某處傳來叫賣沙丁魚的吆喝聲。

❶ **物置**《ものおき》：《名》堆放雜物的地方。庫房。

「いわしのやすうりだァい。いきのいいいわしだァい。」

ごんは、その、❶いせいのいい声《こえ》のする方《ほう》へ走《はし》っていきました。と、弥助《やすけ》のおかみさんがうら戸口《とぐち》から、「いわしをおくれ。」と言《い》いました。

いわし売《う》りは、いわしのかごを❷つんだ車《くるま》を、道《みち》ばたにおいて、ぴかぴか光《ひか》るいわしを両手《りょうて》でつかんで、弥助《やすけ》の家《いえ》の中《なか》へもってはいりました。ごんはその❸すきまに、かごの中《なか》から、五六《ごろっ》ぴきのいわしをつかみ出《だ》して、もときた方《ほう》へかけ出《だ》しました。そして、兵十《ひょうじゅう》の家《いえ》のうら口《ぐち》から、家《いえ》の中《なか》へいわしを投《な》げこんで、穴《あな》へ向《む》かってかけもどりました。途中《とちゅう》の坂《さか》の上《うえ》でふりかえってみますと、兵十《ひょうじゅう》がまだ、井戸《いど》のところで麦《むぎ》をといでいるのが小《ちい》さくみえました。

中

「沙丁魚便宜賣喔！新鮮的沙丁魚喔！」

權朝著那朝氣勃勃的吆喝聲跑去。此時，彌助的老婆在後門說「我要買沙丁魚。」

賣沙丁魚的人將載有沙丁魚簍子的車停在路旁，用雙手捉著閃閃發光的沙丁魚，走進彌助家裡。權便趁著那段空檔，從魚簍裡抓出五六尾沙丁魚，跑回原來的地方。接著從兵十家的後門將沙丁魚扔往屋內後，便跑回自己的洞穴。在中途的坡道上，權回頭一望，遠遠地仍可看見兵十那在水井淘洗著小麥的小小身影。

❶ **威勢《いせい》のいい**：精神奕奕、朝氣勃勃。

❷ **積《つ》む**：《他動・五段》堆積、裝載。

❸ **隙間《すきま》**：《名》空檔、間暇。

きつねうどん・きつねそば：豆皮烏龍麵　豆皮蕎麥麵。

ごんは、うなぎの❶つぐないに、まず一《ひと》つ、いいことをしたと思《おも》いました。

つぎの日《ひ》には、ごんは山《やま》で栗《くり》を❷どっさりひろって、それをかかえて、兵十《ひょうじゅう》の家《いえ》へいきました。うら口《ぐち》からのぞいてみますと、兵十《ひょうじゅう》は、ひるめしをたべかけて、茶《ちゃ》わんをもった❸まま、ぼんやりと❹考《かんが》えこんでいました。へんなことには兵十《ひょうじゅう》のほっぺたに、❺かすり傷《きず》がついています。どうしたんだろうと、ごんが思《おも》っていますと、兵十《ひょうじゅう》がひとりごとをいいました。

「いったいだれが、いわしなんかをおれの家《いえ》へほうりこんでいったんだろう。おかげでおれは、盗人《ぬすびと》と思《おも》われて、いわし屋《や》のやつに、❻ひどい目《め》にあわされた。」と、❼ぶつぶついっています。

Q：真的有兵十這個人嗎？

A：兵十是南吉想像出來的人物。不過在新美南吉家鄉有位名叫江端兵重的人，喜歡捕魚、獵鳥，根據後來的推測，也許新美南吉是參考他作為構思兵十這個角色。

中 權心想，當作對鰻魚那件事的補償，至少已經做了件好事。

隔天，權在山裡撿了許多栗子，並捧著那堆栗子前往兵十的家。從後門窺看，見兵十正在吃午餐，只見他手捧著碗，怔怔地在想事情。奇怪的是，兵十的臉頰處有擦傷的痕跡。正當權猜想他爲何受傷時，兵十喃喃自語地說道。

「究竟是誰把沙丁魚扔進我家啊？害我被人誤以爲是小偷，被賣沙丁魚的人狠狠修理了一頓。」

如此嘟嚷著。

❶ **償《つぐな》い**：《名》補償、賠償。

❷ **どっさり**：《副》很多。

❸ **～まま**：《名》維持著某一狀態不動。

❹ **考《かんが》え込《こ》む**：《自動・五段》深思、沉思。

❺ **かすり傷《きず》**：《名》擦傷。

❻ **ひどい目《め》にあう**：遭殃、倒霉、吃苦頭。

❼ **ぶつぶつ**：《名、副》發牢騷、抱怨。

ごんは、これはしまったと思《おも》いました。かわいそうに兵十《ひょうじゅう》は、いわし屋《や》に❶ぶんなぐられて、あんな傷《きず》までつけられたのか。

ごんはこうおもいながら、そっと物置《ものおき》の方《ほう》へまわってその入口《いりぐち》に、栗《くり》をおいてかえりました。

つぎの日《ひ》も、そのつぎの日《ひ》もごんは、栗《くり》をひろっては、兵十《ひょうじゅう》の家《いえ》へもってきてやりました。そのつぎの日《ひ》には、栗《くり》ばかりでなく、まつたけも二三《にさん》ぼんもっていきました。

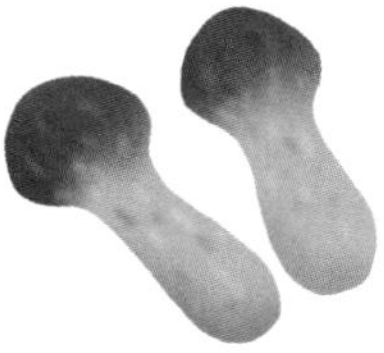

Q：為什麼要取名為「權狐」呢？

A：雖然未受到證實，但據說是由新美南吉家鄉北方的權現山而得名。此山名和新美南吉筆記裡的「權狐」漢字一樣。據說到新美南吉就讀小學前，一直有狐狸棲息在權現山附近。

中 權心想這下糟了，可憐的兵十原來是被賣沙丁魚的毆打，才會留下那樣的傷痕啊！

權一邊想著，邊悄悄地繞到庫房，把栗子放在門口後便回去了。

接下來連續兩天，權都撿了許多栗子送去兵十的家裡。之後，權不僅送栗子，還送了兩三朵松茸去。

❶ **打《ぶ》ん殴《なぐ》る**：《他動・五段》（俗）毆打。

四

月《つき》のいい晩《ばん》でした。ごんは、❶ぶらぶらあそびに出《で》かけました。中山《なかやま》さまのお城《しろ》の下《した》を通《とお》って少《すこ》しいくと、細《ほそ》い道《みち》の向《む》こうから、だれかくるようです。話声《はなしごえ》が聞《きこ》えます。チンチロリン、チンチロリンと松虫《まつむし》が鳴《な》いています。

ごんは、道《みち》の片《かた》がわにかくれて、じっとしていました。話声《はなしごえ》はだんだん近《ちか》くなりました。それは、兵十《ひょうじゅう》と、加助《かすけ》というお百姓《ひゃくしょう》でした。

「そうそう、なあ加助《かすけ》。」と、兵十《ひょうじゅう》がいいました。

「ああん?」

「おれあ、このごろ、とてもふしぎなことがあるんだ。」

中

在一個月色皎潔的夜晚。權跑出去蹓躂玩耍一番。當牠經過中山大人的城堡下方不遠處時，察覺到似乎有人從小路那邊走來，並聽見交談的聲音。金琵琶也唧唧地鳴叫著。

權躲到路旁靜靜等著，談話聲也愈來愈近。原來是兵十和加助這兩個農夫。

「對了對了、我說加助啊。」兵十開口說道。

「什麼？」

「我啊！最近碰到了一件很不可思議的事。」

❶ ぶらぶら遊《あそ》ぶ：蹓躂遊玩。

「何《なに》が？」

「お母《かあ》が死《し》んでからは、だれだか❶知《し》らんが、おれに栗《くり》やまつたけなんかを、まいにちまいにちくれるんだよ。」

「ふうん、だれが？」

「それがわからんのだよ。おれの知《し》らん❷うちに、おいていくんだ。」

ごんは、ふたりのあとをつけていきました。

「ほんとかい？」

「ほんとだ❸とも。うそと思《おも》うなら、あしたみにこいよ。その栗《くり》をみせてやるよ。」

中

「什麼事？」

「我母親過世後，不曉得是誰，每天都送栗子和松茸來給我呢！」

「喔！那是誰啊？」

「不曉得啊！都趁我不注意時，放著就走了。」

權悄悄地尾隨在他們兩人後方。

「眞的假的？」

「當然是眞的。如果你不相信，明天就來看看吧！我讓你瞧瞧那些栗子。」

❶ **知《し》らん**：知《し》らない。不曉得、不知道。

❷ **うちに**：期間、趁著……。

❸ **とも**：《終助》（表示斷然肯定）當然、一定。

「へえ、へんなこともあるもんだなァ。」

❶それなり、ふたりはだまって歩《ある》いていきました。

加助《かすけ》が❷ひょいと、うしろをみました。ごんはびくっとして、小《ちい》さくなってたちどまりました。加助《かすけ》は、ごんには気《き》がつかないで、そのままさっさとあるきました。吉兵衛《きちべえ》というお百姓《ひゃくしょう》の家《いえ》までくると、ふたりはそこへはいっていきました。ポンポンポンポンと木魚《もくぎょ》の音《おと》がしています。窓《まど》の障子《しょうじ》にあかりがさしていて、大《おお》きな坊主頭《ぼうずあたま》がうつって動《うご》いていました。ごんは、

「お❸ねんぶつがあるんだな。」と思《おも》いながら井戸《いど》のそばに❹しゃがんでいました。しばらくすると、また三人《さんにん》ほど、人《ひと》が❺つれだって吉兵衛《きちべえ》の家《いえ》へはいっていきました。お経《きょう》を読《よ》む声《こえ》がきこえてきました。

中

「唔、還眞有這種怪事啊！」

話說到這兒，兩人便默不作聲地繼續往前走。

突然，加助回頭看了一眼。讓權嚇了一大跳，連忙停下步伐縮起了身子。但加助並沒有注意到權，很快地就繼續向前走去。

兩人走到一位名叫吉兵衛的農夫住家後，便走進了屋內。響著敲打木魚的咚咚聲。燈光巍巍顫顫地將和尚的偌大光頭身影映照在紙窗上。

「原來是在誦經啊！」權一邊想一邊蹲到水井的旁邊。過了一會兒，又見一行三人結伴進了吉兵衛的家。此時屋裡傳來了誦經的聲音。

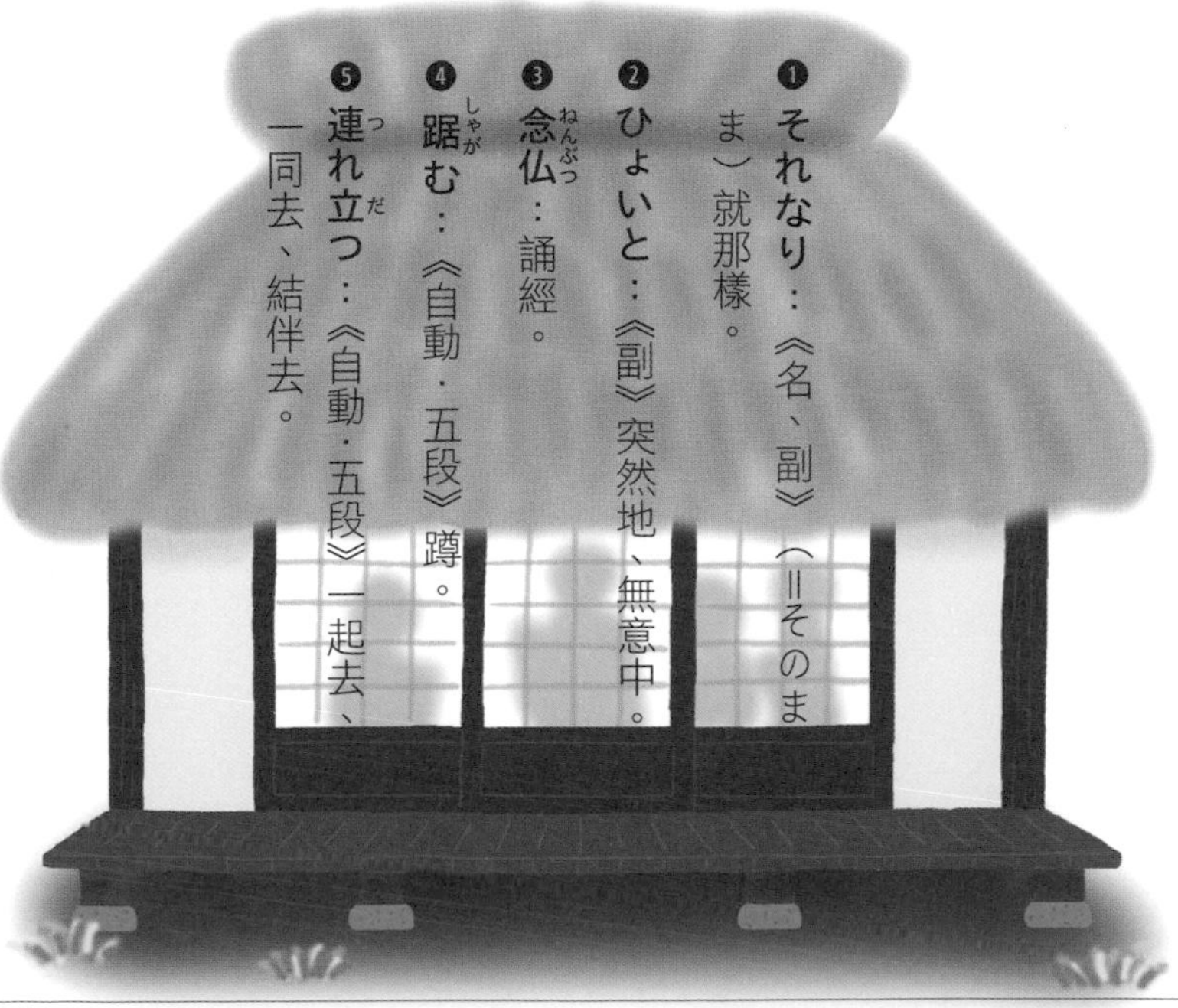

❶ **それなり**：《名、副》（＝そのまま）就那樣。
❷ **ひょいと**：《副》突然地、無意中。
❸ **念仏《ねんぶつ》**：誦經。
❹ **踞《しゃが》む**：《自動・五段》蹲。
❺ **連《つ》れ立《だ》つ**：《自動・五段》一起去、一同去、結伴去。

五

ごんは、おねんぶつがすむまで、井戸《いど》のそばにしゃがんでいました。兵十《ひょうじゅう》と加助《かすけ》はまたいっしょにかえっていきます。ごんは、ふたりの話《はなし》をきこうと思《おも》って、ついていきました。兵十《ひょうじゅう》の❶影法師《かげぼうし》を❷ふみふみいきました。

お城《しろ》の前《まえ》まできたとき、加助《かすけ》がいい出《だ》しました。

「さっきの話《はなし》は、きっと、そりゃあ、神《かみ》さまの❸しわざだぞ。」

「えっ?」と、兵十《ひょうじゅう》はびっくりして、加助《かすけ》の顔《かお》をみました。

Q：權狐裡出現的唸佛場景是什麼呢？

A：家屬會在死後七日或三週後悼念往生者。親戚朋友們會聚集到佛壇前和和尚一同誦經念佛。結束後一起喝茶用餐。

20

中

權在誦經聲結束爲止，一直蹲在水井旁。兵十與加助再次一起走回家。因權想聽他倆的談話內容，於是又跟了上去。踏著兵十的影子跟在後面。

來到城堡前方時，加助出聲道。

「剛剛你說的那段話，我想，那一定是神明所做的。」

「咦？」兵十吃了一驚，看著加助的臉。

❶ **影法師**《かげぼうし》：《名》人影、影子。

❷ **ふみふみ**：（反覆地）踩、踏。

❸ **仕業**《しわざ》：《名》所作所為。

「おれは、あれからずっと考《かんが》えていたが、どうも、そりゃ、人間《にんげん》じゃない、神《かみ》さまだ、神《かみ》さまが、お前《まえ》がたったひとりになったのをあわれに❶思《おも》わっしゃって、いろんなものを❷めぐんでくださるんだよ。」

「そうかなあ。」

「そうだとも。だから、まいにち神《かみ》さまに❸お礼《れい》を言《い》うがいいよ。」

「うん。」

ごんは、へえ、こいつはつまらないなと思《おも》いました。おれが、栗《くり》やまつたけを持《も》っていってやるのに、そのおれにはお礼《れい》をいわないで、神《かみ》さまにお礼《れい》をいうんじゃァ、おれは、❹ひきあわないなあ。

中

「我從剛才就一直在想，這實在不像人類的作爲，肯定是神明，神明可憐你一個人無依無靠，所以才賜予你許多東西。」

「是這樣嗎？」

「當然是這樣，所以你每天都要拜謝神明才行喔！」

「嗯。」

權心想，哎、這傢伙還眞是無聊，明明是我拿栗子和松茸送去給他的，不向我道謝，反而去拜謝什麼神明，我眞是吃大虧了。

❶ **思《おも》わっしゃって**：《名》（=思《おも》いになって）。

❷ **恵《めぐ》む**：《他動・五段》施恩惠、給與。

❸ **お礼《れい》を言《い》う**：道謝、致謝。

❹ **引《ひ》き合《あ》わない**：不划算。

六

そのあくる日《ひ》もごんは、栗《くり》を持《も》って、兵十《ひょうじゅう》の家《いえ》へ出《で》かけました。兵十《ひょうじゅう》は物置《ものおき》で縄《なわ》をなっていました。それでごんは家《いえ》のうら口《ぐち》から、こっそり中《なか》へはいりました。

そのとき兵十《ひょうじゅう》は、ふと顔《かお》をあげました。と狐《きつね》が家《いえ》の中《なか》へはいったではありませんか。こないだうなぎをぬすみやがったあのごん狐《ぎつね》めが、またいたずらをしにきたな。

「ようし。」

兵十《ひょうじゅう》は立《た》ちあがって、❶納屋《なや》にかけてある火縄銃《ひなわじゅう》をとって、火薬《かやく》をつめました。

21

中

隔天，權又拿著栗子前往兵十的家。兵十正在庫房裡搓著草繩，權便從後門悄悄地溜進屋內。

此時兵十突然抬起頭來，發現居然有隻狐狸跑進了家裡，前陣子偷鰻魚的那隻臭權狐。又要跑來搗蛋了！

「好、看我的！」

兵十站起來取下掛在庫房的火繩槍，裝上了火藥。

❶ **納《な》屋《や》**：《名》老貯藏室、庫房。（＝物《もの》置《おき》小《ご》屋《や》）。

そして❶足音《あしおと》をしのばせて近寄《ちかよ》って、今戸口《いまとぐち》を出《で》ようとするごんを、ドンと、うちました。ごんは、❷ばたりとたおれました。兵十《ひょうじゅう》は❸かけよってきました。家《いえ》の中《なか》をみると、土間《どま》に栗《くり》が、かためておいてあるのが❹目《め》につきました。

「おや。」と兵十《ひょうじゅう》は、びっくりしてごんに❺目《め》を落《おと》しました。

「ごん、おまえだったのか。いつも栗《くり》をくれたのは。」

ごんは、❻ぐったりと❼目《め》をつぶったまま、❽うなずきました。

兵十《ひょうじゅう》は火縄銃《ひなわじゅう》をばたりと、とり落《おと》しました。青《あお》い煙《けむり》が、まだ筒口《つつぐち》から細《ほそ》く出《で》ていました。

中 然後輕手輕腳地靠近，砰一聲打中了正準備走出門口的權。權立即應聲倒地。兵十跑過來一看，發現屋內的泥地上堆著一堆栗子。

「啊！」兵十驚訝地望向了權。

「權，是你嗎？是你一直送栗子給我的嗎？」

權奄奄一息地閉著眼睛，微微地點了點頭。

兵十手中的火繩槍，啪答一聲掉落在地。而那槍口還冒著縷縷青煙。

❶ 足音《あしおと》を忍《しの》ばせる：躡手躡腳、輕手輕腳。

❷ ばたりと：《副》物體倒落或碰撞的聲音。

❸ 駆《か》け寄《よ》る：《自動・五段》跑上前去、跑到跟前。

❹ 目《め》に付《つ》く：看見。

❺ 目《め》を落《お》とす：往下看。

❻ ぐったりと：《副、自動サ變》精疲力盡、有氣無力。

❼ 目《め》をつぶる：閉眼。

❽ 頷《うなず》く：《自動・五段》點頭。

Q：真的有權嗎？

A：權是新美南吉想像出來的角色。但是在新美南吉家鄉有隻名叫六藏狐的狐狸，和當地村民們感情很好，新美南吉在創作「權狐」時，或許有想到六藏狐的事情吧。

故事裡的擬聲擬態

22

1

【ほっと】

感到安心、鬆了一口氣。

★大雨《おおあめ》が止《や》んで、**ほっと**した。

★大雨停了，終於可以鬆一口氣。

2

【からっと】

乾爽舒適。

★今日《きょう》は、**からっと**晴《は》れて、いい天気《てんき》だ。

★今天是乾爽舒適的好晴天。

3

【ふと】

偶然、猛然一看。

★**ふと**、空《そら》を見《み》ると虹《にじ》がでていた。

★猛一看天空，竟然有彩虹。

4

【じっと】

偶然、猛然一看。

★海《うみ》を**じっと**興味深《きょうみぶか》く見《み》る。

★很有興趣地一直盯著海。

5

【ちょいと】

一點點。

★子供《こども》のころ**ちょいと**友達《ともだち》にいたずらをした。

★小時候會對朋友做些小小的惡作劇。

6

【とぼん】

形容重物掉入水中的噗通聲。

★石《いし》が**とぼん**と池《いけ》の中《なか》に落《お》ちた。

★石頭噗通地一聲掉進水池裡。

故事裡的擬聲擬態

22

7 【キュッと】

突然拉緊的樣子。

★風《かぜ》でマフラーがキュッと首《くび》に巻《ま》きついた。

★風一吹，趕緊把圍巾緊緊地圍住脖子。

8 【ふふん】

理解時所發出的感嘆聲。

★（小説《しょうせつ》を読《よ》みながら）ふふん、そういうことか！わかったぞ。

★（一面讀著小説）嗯，原來是這樣。懂了。

9 【カーン】

鐘聲。

★午後五時《ごごごじ》になった。お寺《てら》の鐘《かね》がカーンと鳴《な》る。

★下午五點了。廟裡響起了鐘聲。

10 【ははん】

了解時所發出的感嘆聲。

★ははん。推理《すいり》が解《と》けたぞ。簡単《かんたん》だ！

★啊啊。推理解開了。簡單。

11 【ちょっ】

糟糕。

★ちょっ、やっちゃった。コップ割《わ》ってしまった。

★糟糕。不小心打破杯子了。

12 【ぴかぴか】

發光、發亮。

★お母《かあ》さんのぴかぴか光《ひか》るダイヤモンド、欲《ほ》しいなぁ。

★媽媽的鑽石閃閃發亮，好想要喔。

13 【しまった】

失敗時發出的感嘆聲。

★しまった。電車《でんしゃ》に忘《わす》れ物《もの》しちゃった。どうしよう。

★東西忘在電車上。怎麼辦。

【チンチロリン】 14

金琵琶的鳴叫聲。

★**チンチロリン**と松虫《まつむし》の声《こえ》が聞《き》こえてくるよ。

★聽得到金琵琶唧唧地鳴叫聲。

【びくっと】 15

因為受到驚嚇身體抽動。

★いきなり呼《よ》ばれて、**びくっと**した。

★忽然被叫住，嚇了一跳。

【さっさ】 16

走路很快的樣子。

★**さっさ**と歩《ある》いて、うちへ帰《かえ》ろうよ。

★趕快走回家吧。

【ポンポンポンポン】 17

敲木魚的聲音。

★寺《てら》から**ポンポンポンポン**。木魚《もくぎょ》のいい音《おと》が聞《き》こえてくる。

★從寺廟裡傳來一陣陣敲木魚的聲音。

【へぇ】 18

回應聲。表疑問和驚奇。

★**へぇ**。そんな夢《ゆめ》みたいなこともあるんだね。

★咦。竟然有和夢一樣的事情發生。

【こっそり】 19

偷偷摸摸地。

★**こっそり**と携帯電話《けいたいでんわ》で友達《ともだち》とおしゃべり。

★偷偷地用手機和朋友聊天。

【ようし】 20

好、就這樣做吧！承諾同意。

★**ようし**！これから仕《し》事《こと》頑張《がんば》るぞ。

★好！今後要好好地努力工作！

【ドン】 21

槍響聲。

★山《やま》から**ドン**と銃《じゅう》の音《おと》が聞《き》こえた。なんだろう。

★從山裡傳來槍響。發生什麼事了。

花木村與盜賊們

花《はな》のき村《むら》と盗人《ぬすびと》たち

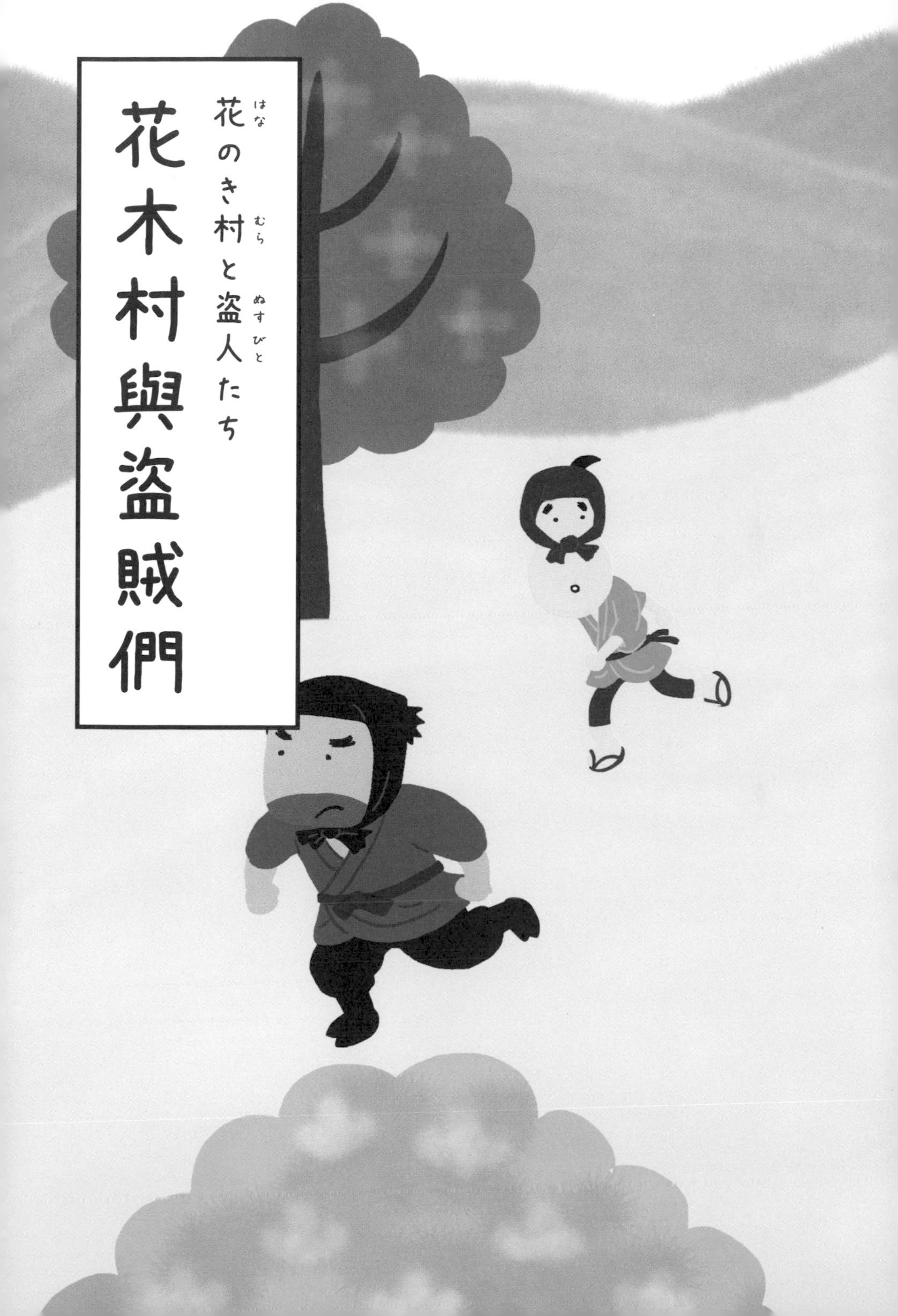

一

むかし、花《はな》のき村《むら》に、五人組《ごにんぐみ》の盗人《ぬすびと》がやってきました。

それは、若竹《わかたけ》が、あちこちの空《そら》に、❶かぼそく、❷ういういしい緑色《みどりいろ》の芽《め》をのばしている初夏《しょか》のひるで、松林《まつばやし》では松蝉《まつぜみ》が、ジイジイジイイと鳴《な》いていました。

盗人《ぬすびと》たちは、北《きた》から川《かわ》にそってやってきました。花《はな》のき村《むら》の入口《いりぐち》のあたりは、すかんぽやうまごやしの生《は》えた緑《みどり》の野原《のはら》で、子《こ》どもや牛《うし》が遊《あそ》んでおりました。これだけをみても、この村《むら》が平和《へいわ》な村《むら》であることが、盗人《ぬすびと》たちにはわかりました。そして、こんな村《むら》には、お金《かね》やいい着物《きもの》を持《も》った家《いえ》があるにちがいないと、もう喜《よろこ》んだのでありました。

33

中

從前，有五個盜賊來到了花木村。

在幼竹長出纖細嫩綠的翠芽，正努力往天空攀爬的初夏白晝時分，松蟬在松樹林裡唧唧唧地鳴叫著。

盜賊們從北方沿著河川一路走來。花木村的入口附近，是一片長滿酸模和南苜蓿的綠色原野，孩子們與牛群正在此處玩耍。光是看到這幅景象，盜賊們就知道這是一處和平的村落。並欣喜地認為在這村莊裡，肯定住著不少有錢或擁有值錢和服的富裕人家。

❶ か細《ぼそ》い：《形》（か是接頭詞）纖細、纖弱的。

❷ 初々《ういうい》しい：《形》嫩、新鮮。

川《かわ》は藪《やぶ》の下《した》を流《なが》れ、そこにかかっている一つの水車《すいしゃ》をゴトンゴトンとまわして、村《むら》の奥深《おくぶか》くはいっていきました。

藪《やぶ》のところまでくると、盗人《ぬすびと》のうちの❶かしらが、いいました。

「それでは、❷わしはこの藪《やぶ》のかげで待《ま》っているから、おまえらは、村《むら》のなかへはいっていって様子《ようす》をみてこい。❸なにぶん、おまえらは盗人《ぬすびと》に❹なったばかりだから、❺へまをしないように気《き》をつけるんだぞ。金《かね》のありそうな家《いえ》をみたら、そこの家《いえ》のどの窓《まど》がやぶれそうか、そこの家《いえ》に犬《いぬ》がいるかどうか、よっくしらべるのだぞ。いいか釜右エ門《かまえもん》。」

「へえ。」と釜《かま》右エ門《もん》が答《こた》えました。

中 河川流過草叢的下方，搭在那兒的一架水車嘎嗒嘎嗒地轉動著，河水潺潺地流入村子內部。

一來到草叢處，盜賊裡的頭目便開口說。

「那麼，我待在這草叢裡等著，你們幾個就到村子裡去打探一下情況。畢竟，你們都才剛踏進盜賊這一行，可別給我出什麼差錯。如果發現看似有錢人家時，別忘了仔細確認一下哪一扇窗戶快壞了，以及那戶人家有沒有養狗。聽到了沒有？釜右衛門。」

「是。」釜右衛門回答道。

❶ **かしら**：《名》首領、頭頭。（＝親《おや》分《ぶん》）

❷ **わし**：《代名》（中年以上男子常用的第一人稱，略帶自大之意）我。

❸ **何分《なにぶん》**：《名、副》不管怎麼說、畢竟。

❹ **動詞過去た形＋ばかり**：才、剛剛。

❺ **へま**：《名、形動》不應有的過失、疏忽。

これは昨日《きのう》まで旅《たび》あるきの❶釜師《かまし》で、釜《かま》や茶釜《ちゃかま》をつくっていたのでありました。

「いいか、海老之丞《えびのじょう》。」

「へえ。」と海老之丞《えびのじょう》が答《こた》えました。

これは昨日《きのう》まで❷錠前屋《じょうまえや》で、家々《いえいえ》の倉《くら》や❸長持《ながもち》などの錠《じょう》をつくっていたのでありました。

「いいか角兵エ《かくべ》。」

「へえ。」とまだ少年《しょうねん》の角兵エ《かくべ》が答《こた》えました。

中

這位直到昨天爲止還是個四處遊走的鍋匠，專門製造茶鍋與茶壺。

「聽到了沒？海老之丞。」

「是。」海老之丞回答道。

這位直到昨天爲止還是個鎖匠，專門製造每戶人家的倉庫或衣物箱的鎖頭。

「聽到了沒？角兵衛。」

「是。」還帶有一臉稚氣的角兵衛回答道。

❶ **釜師**《かまし》：《名》鑄造燒茶水用的鍋子的工匠。

❷ **錠前屋**《じょうまえや》：《名》鎖匠。

❸ **長持**《ながもち》：《名》（長方形帶蓋的）衣箱。

これは越後《えちご》からきた❶角兵エ獅子《かくべじし》で、昨日《きのう》までは、家々《いえいえ》の閾《しきい》の外《そと》で、さか立《だ》ちしたり、❷とんぼがえりをうったりして、一文二文《いちもんにもん》の銭《ぜに》をもらっていたのでありました。

「いいか鉋太郎《かんなたろう》。」

「へえ。」と鉋太郎《かんなたろう》が答《こた》えました。

これは、江戸《えど》からきた大工《だいく》の息子《むすこ》で、昨日《きのう》までは諸国《しょこく》のお寺《てら》や神社《じんじゃ》の門《もん》などのつくりをみてまわり、大工《だいく》の修業《しゅぎょう》していたのでありました。

「さあ、みんな、いけ。わしは❸親方《おやかた》だから、ここで❹一服《いっぷく》すいながらまっている。」

中

這位是從越後地區來的舞獅街頭藝人，直到昨天爲止還在每戶人家的門檻外，表演倒立或翻筋斗來賺取一二文錢。

「聽到了沒？鉋太郎。」

「是。」鉋太郎回答道。

這位是從江戶地區來的木匠的兒子，直到昨天爲止還在巡視各地的寺廟與神社的門等，努力學習木匠的手藝。

「好了，都去吧！我是頭目，我就待在這邊抽根煙等你們回來。」

❶ **角兵《かくべ》エ獅子《じし》**：《名》舞獅街頭藝人。小孩子頂著獅子頭罩表演，由觀眾施以賞錢的一種街頭技藝。

❷ **とんぼ返《がえ》りを打《う》つ**：翻筋斗。

❸ **親方《おやかた》**：《名》頭目。

❹ **一服《いっぷく》を吸《す》う**：抽一根煙。「一服《いっぷく》」也可當作「休息」之意。

そこで盗人《ぬすびと》の弟子《でし》たちが、釜右エ門《かまえもん》は釜師《かまし》の❶ふりをし、海老之丞《えびのじょう》は錠前屋《じょうまえや》のふりをし、角兵エ《かくべ》は獅子《しし》まいのように笛《ふえ》をヒャラヒャラ鳴《な》らし、鉋太郎《かんなたろう》は大工《だいく》のふりをして、花《はな》のき村《むら》にはいりこんでいきました。

かしらは弟子《でし》どもがいってしまうと、❷どっかと川《かわ》ばたの草《くさ》の上《うえ》に❸腰《こし》をおろし、弟子《でし》どもに話《はな》したとおり、たばこをスッパ、スッパとすいながら、盗人《ぬすびと》のような顔《かお》つきをしていました。これは、ずっと前《まえ》から火《ひ》つけや盗人《ぬすびと》をしてきたほんとうの盗人《ぬすびと》でありました。

「わしも昨日《きのう》までは、❹ひとりぼっちの盗人《ぬすびと》であったが、今日《きょう》は、はじめて盗人《ぬすびと》の親方《おやかた》というものになってしまった。だが、親方《おやかた》になってみると、これはなかなかいいもんだ❺わい。仕事《しごと》は弟子《でし》どもがしてきてくれるから、こうしてねころんで待《ま》っておればいい❻わけである。」

34

中 於是盜賊的弟子們，釜右衛門喬裝成鍋匠、海老之丞喬裝成鎖匠、角兵衛喬裝成舞獅街頭藝人的模樣嗚嗚地吹起笛子、鉋太郎則喬裝成木匠，一行人便走進花木村裡。

待徒弟們都走後，頭目才一屁股坐在河邊的草地上，正如同他對那些徒弟所說的，邊爽快地抽著煙，並擺著一副盜賊般的臉孔。他一直都是個會放火、偷竊，如假包換的盜賊。

「直到昨天，我還是個孤獨的盜賊，今天頭一次成爲盜賊的頭目。不過，成爲頭目，感覺還挺不賴的嘛！工作也有徒弟們來替我效勞，這樣一來我只要閒躺在這兒等就行了。」

❶ **～ふりをする**：假裝。
❷ **どっかと**：《副》重重且舒服地坐下的樣子。
❸ **腰《こし》を下《お》ろす**：坐下。
❹ **一人《ひとり》ぼっち**：《名》孤零零一個人。
❺ **わい**：《終助》（老人用語）啊、呀。
❻ **～わけだ**：表示必然或理所當然的結果。當然。

とかしらは、することがないので、そんなつまらないひとりごとをいってみたりしていました。

やがて弟子《でし》の釜右エ門《かまえもん》がもどってきました。

「おかしら、おかしら。」

かしらは、❶ぴょこんとあざみの花《はな》のそばから体《からだ》を起《お》こしました。

「えいくそッ、びっくりした。おかしらなどとよぶん❷じゃねえ、魚《さかな》の頭《あたま》のように聞《き》こえるじゃねえか。ただかしらといえ。」

盗人《ぬすびと》になり❸たての弟子《でし》は、

「まことに❹相《あい》すみません。」とあやまりました。

中

無事可做的頭目，百般無聊地自言自語了起來。

過不久後，徒弟釜右衛門回來了。

「頭兒、頭兒。」

頭目從薊花叢旁跳了起來。

「混帳，要嚇死人啊！別叫我頭兒啦！聽起來像是魚頭一樣。叫我頭目！」

剛成爲盜賊的徒弟馬上向頭目道歉，

「眞是對不起！」

❶ **ぴょこんと**：《副》鼓起、湧上來的樣子。

❷ **じゃねえ**：（=じゃない）不是。

❸ **~たて**：《接尾》（接動詞連用形下，表示動作剛剛完畢）剛。

❹ **相《あい》すみません**：《自動・五段》對不起、抱歉。

「どうだ、村《むら》の中《なか》の様子《ようす》は。」とかしらがききました。

「へえ、すばらしいですよ、かしら。ありました、ありました。」

「何《なに》が。」

「大《おお》きい家《いえ》がありましてね、そこの飯炊釜《めしたきがま》は、まず三斗《さんと》ぐらいは❶炊《た》ける大釜《おおがま》でした。あれはえらい銭《ぜに》になります。それから、お寺《てら》に❷つってあった鐘《かね》も、なかなか大《おお》きなもので、あれをつぶせば、まず茶釜《ちゃがま》が五十《ごじゅう》はできます。なあに、❸あっしの眼《め》に❹くるいはありません。嘘《うそ》だと思《おも》うなら、あっしがつくってみせましょう。」

「❺ばかばかしいことに❻いばるのはやめろ。」とかしらは弟子《でし》を❼しかりつけました。

中

「怎麼樣，村裡的情況如何？」頭目詢問道。

「嘿、實在太棒了，頭目，有好東西、好東西呢！」

「什麼好東西？」

「有個大戶人家，那裡的煮飯鍋，是個至少能煮三斗米左右的大鍋呢！那實在太值錢了。而且，懸吊在寺廟裡的鐘，也是好大一個，把它砸碎的話，起碼能做出五十個茶壺。什麼？我的眼睛才沒有花呢！如果不相信，那我就做給你看！」

「別爲了這點蠢事自得意滿。」頭目狠狠斥責了徒弟。

❶ **炊《た》く**：《他動・五段》煮（飯）。

❷ **吊《つ》る**：《自他動・五段》吊、掛、懸掛。

❸ **あっし**：《代名》（商人、工匠的自稱）我。

❹ **狂《くる》い**：《名》失常、有毛病。

❺ **ばかばかしい**：《形》無聊的、愚蠢的。

❻ **威《い》張《ば》る**：《自動・五段》自滿、自以為了不起。

❼ **叱《しか》り付《つ》ける**：《他動・下一段》狠狠訓斥。

「❶きさまは、まだ釜師根性《かましこんじょう》が❷ぬけんからだめだ。そんな飯炊釜《めしたきがま》やつり鐘《がね》などばかりみてくるやつがあるか。それになんだ、その手《て》に持《も》っている、穴《あな》のあいた鍋《なべ》は。」

「へえ、これは、その、ある家《いえ》の前《まえ》を通《とお》りますと、槙《まき》の木《き》の生垣《いけがき》にこれがかけて干《ほ》してありました。みるとこの、尻《しり》に穴《あな》があいていたのです。それをみたら、じぶんが盗人《ぬすびと》であることをついわすれてしまって、この鍋《なべ》、二十文《にじゅうもん》でなおしましょう、とそこのおかみさんにいってしまったのです。」

「なんという❸まぬけだ。じぶんのしょうばいは盗人《ぬすびと》だということをしっかり❹肚《はら》にいれておらんから、そんなことだ。」と、かしらはかしらしく、弟子《でし》に教《おし》えました。

中

「你這傢伙還不快給我改掉鍋匠的本性，哪有光去看飯鍋和吊鐘的盜賊啊？還有，你手裡拎著的那破了個洞的鍋子是怎麼回事？」

「啊、這個是我路過一戶人家時，看它被掛在柏樹的籬笆上晾著。一瞧，發現鍋底破了個洞，看到那樣，不自覺地忘記自己是個盜賊，對那裡的女主人說，二十文我就幫你修好這只鍋子。」

「蠢蛋。你就是沒有牢記自己的本行是盜賊，才會這樣。」頭目一副老大的樣子，教訓了徒弟。

❶ **貴様《きさま》**：《代名》（＝おまえ）對同輩或同輩以下的人所用的代稱。你，你這個東西。含輕蔑意味。

❷ **抜《ぬ》けん**：（ん＝ない）抜《ぬ》けない。

❸ **まぬけ**：《名、形動》（＝のろま、とんま）愚蠢、糊塗。

❹ **肚《はら》に入《い》れる**：表示牢記心中不忘。

そして、

「❶もういっぺん、村《むら》にもぐりこんで、しっかりみなおしてこい。」と命《めい》じました。

釜右エ門《かまえもん》は、穴《あな》のあいた鍋《なべ》を❷ぶらんぶらんとふりながら、また村《むら》にはいっていきました。

こんどは海老之丞《えびのじょう》がもどってきました。

「かしら、ここの村《むら》は❸こりゃだめですね。」と海老之丞《えびのじょう》は力《ちから》なくいいました。

「どうして。」

「どの倉《くら》にも、錠《じょう》❹らしい錠《じょう》は、ついておりません。子《こ》どもでも❺ねじきれそうな錠《じょう》が、ついておるだけです。❻あれじゃ、こっちのしょうばいにゃなりません。」

中 接著，

「你再給我潛進村子裡，仔細地重新看過。」

如此命令道。

釜右衛門一邊晃動著那只有破洞的鍋，並再次踏進村落裡。

接下來換海老之丞回來了。

「頭目，這個村子不行啦！」海老之丞有氣無力地說道。

「爲什麼？」

「每個倉庫都沒有個像樣的鎖，只掛著似乎連小孩也能扭斷的鎖。看來我們做不了生意了。」

❶ **もう一遍《いっぺん》**：再一次。

❷ **ぶらんぶらんと**：《副》晃動貌。

❸ **こりゃ**：「これは」的口語表現。

❹ **～らしい**：《接尾》（前接體言）像樣子。

❺ **ねじ切《き》る**：《他動・五段》扭斷。～そうだ：《助動》（前接動詞連用形）好像的樣子。「そうな」用來做形容詞性修飾。

❻ **あれじゃ**：あれでは。

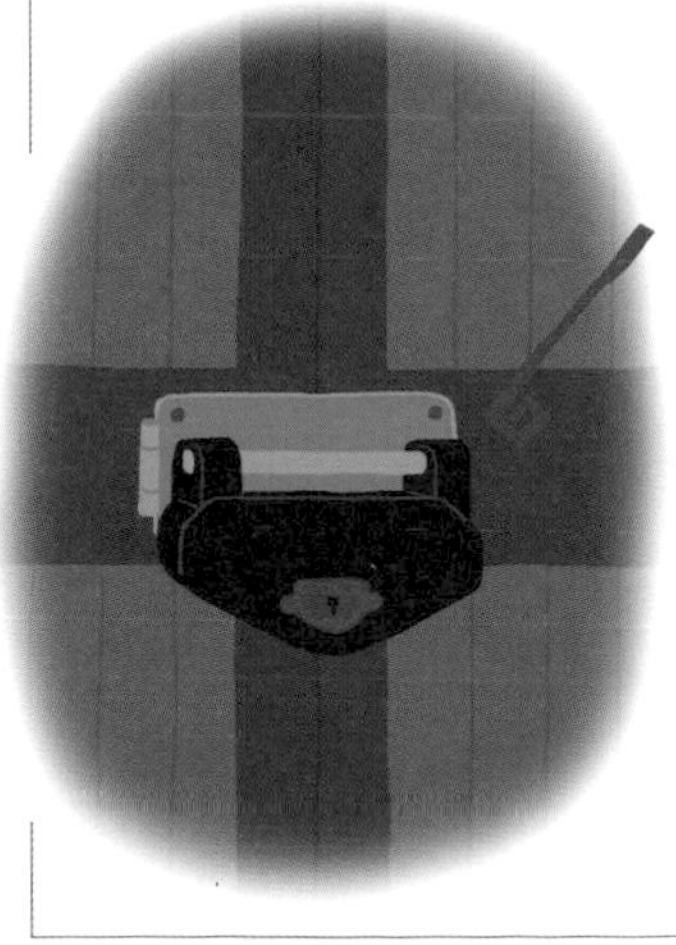

「こっちのしょうばいというのはなんだ。」

「へえ、錠前屋《じょうまえや》。」

「きさまもまだ根性《こんじょう》がかわっておらんッ。」とかしらはどなりつけました。

「へえ、相《あい》すみません。」

「そういう村《むら》❶こそ、こっちのしょうばいになるじゃないかッ。倉《くら》があって、子《こ》どもでもねじきれそうな錠《じょう》しかついておらんというほど、こっちのしょうばいに❷都合《つごう》のよいことがあるか。まぬけめが。もういっぺん、みなおしてこい。」

「なるほどね。こういう村《むら》こそしょうばいになるのですね。」と海老之丞《えびのじょう》は、❸感心《かんしん》しながら、また村《むら》にはいっていきました。

中

「你說的生意是指哪種生意啊？」

「呃、鎖匠。」

「你這傢伙也是死性不改。」頭目破冂大罵。

「是、對不起。」

「就是像這種村子，我們才有生意可做。有倉庫，而且只掛著似乎連小孩子都能扭斷的鎖，你說天底下有這麼好的事嗎？眞是個蠢蛋。再給我去仔細看一遍。」

「原來如此，就是像這種村子我們才有生意可做啊！」海老之丞邊佩服著並再度踏進村子。

❶ **こそ**：《副助》（突顯強調，區別其他）只有、才是、唯有。

❷ **都合《つごう》の良《よ》い**：（＝都合《つごう》がいい）方便、適合。

❸ **感心《かんしん》する**：《自他動・サ變》佩服、欽佩。

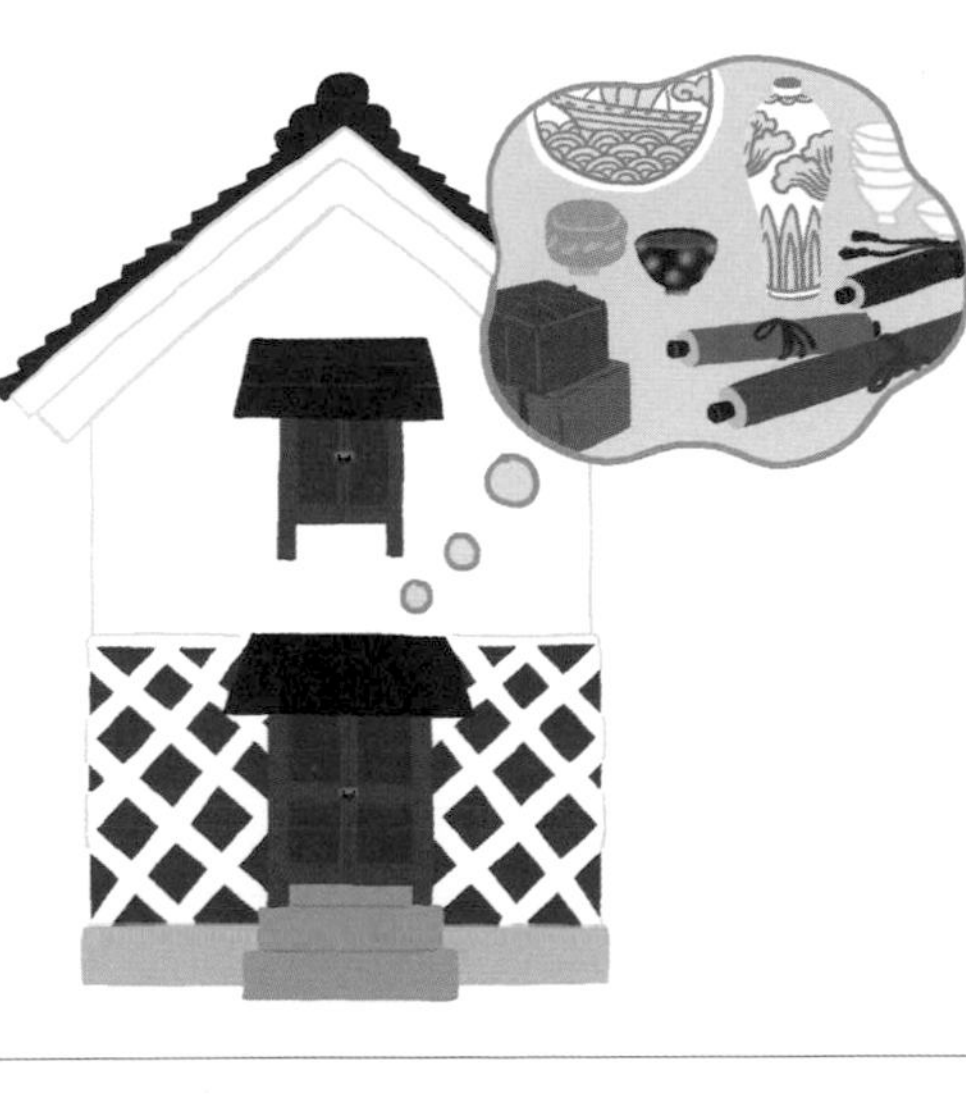

つぎにかえってきたのは、少年《しょうねん》の角兵エ《かくべ》でありました。角兵エ《かくべ》は、笛《ふえ》をふきながらきたので、まだ藪《やぶ》の向《む》こうで姿《すがた》のみえないうちから、わかりました。

「いつまで、ヒャラヒャラヒャラと鳴《な》らしておるのか。盗人《ぬすびと》はなるべく音《おと》をたてぬようにしておるものだ。」とかしらはしかりました。

角兵エ《かくべ》はふくのをやめました。

「それで、きさまは何《なに》をみてきたのか。」

「川《かわ》についてどんどんいきましたら、花菖蒲《はなしょうぶ》を庭《にわ》❶いちめんにさかせた小《ちい》さい家《いえ》がありました。」

「うん、それから？」

35

中 下一個回來的是少年角兵衛。因爲角兵衛是邊吹著笛子邊走回來，所以在草叢對面尚未看到他的身影之際，頭目就已經知道他回來了。

「你到底要嗚嗚地吹到什麼時候啊？盜賊是盡可能不出聲的。」頭目斥責道。

角兵衛一聽便停止不吹了。

「那麼，你這傢伙看到了什麼呢？」

「我沿著河川一直往前走，就看到了庭院裡盛開一片菖蒲花的小戶人家。」

「嗯，然後呢？」

❶ **一面**《いちめん》：《名》滿、全體、全面。

「その家《いえ》の軒下《のきした》に、頭《あたま》の毛《け》も眉毛《まゆげ》もあごひげもまっしろなじいさんがいました。」

「うん、そのじいさんが、❶小判《こばん》のはいった壺《つぼ》❷でも縁《えん》の下《した》にかくしていそうな様子《ようす》だったか。」

「そのおじいさんが竹笛《たけぶえ》をふいておりました。ちょっとした、❸つまらない竹笛《たけぶえ》だが、とてもええ音《ね》がしておりました。あんな、ふしぎに美《うつく》しい音《ね》ははじめてききました。おれが❹ききとれていたら、じいさんは❺にこにこしながら、三《みっ》つ長《なが》い曲《きょく》をきかしてくれました。おれは、お礼《れい》に、❻とんぼがえりを七《なな》へん、❼つづけざまにやってみせました。」

「❽やれやれだ。それから?」

中

「那戶人家的屋簷下，有位頭髮、眉毛、下巴、鬍鬚全都花白的老爺爺。」

「唔，那個老爺爺的樣子看起來像正把裝有金幣的甕之類的藏進走廊下方嗎？」

「那位老爺爺正吹著竹笛。雖然是看起來不值錢的笛子，但笛聲卻出奇好聽。那是我頭一次聽到這般不可思議的美妙笛聲。老爺爺看我聽得入迷，便笑瞇瞇地吹了三首長曲子給我聽呢！作爲答謝，我也連續翻了七個筋斗給他看。」

「這可好了。那後來呢？」

❶ **小判《こばん》**：《名》日本古時候的金幣（純金橢圓形薄片）。

❷ **でも**：《助》舉例提示。之類、什麼的。

❸ **つまらない**：《形》不值錢、沒有價值。

❹ **聞《き》きとれる**：《自動・下一段》聽得入神。

❺ **にこにこ**：《副、自サ》笑嘻嘻。

❻ **とんぼ返《がえ》り**：《名》翻筋斗。

❼ **続《つづ》け様《ざま》**：（一般後接に作副詞用）接連不斷、接二連三。

❽ **やれやれ**：《感》哎呀呀！（吃驚時發出的感嘆詞）。

「おれが、その笛《ふえ》はいい笛《ふえ》だといったら、笛竹《ふえたけ》の生《は》えている竹藪《たけやぶ》を教《おし》えてくれました。そこの竹《たけ》で作《つく》った笛《ふえ》だそうです。それで、おじいさんの教《おし》えてくれた竹藪《たけやぶ》へいってみました。ほんとうにええ笛竹《ふえたけ》が、何百《なんびゃく》すじも、❶すいすいと生《は》えておりました。」

「むかし、竹《たけ》の中《なか》から、金《きん》の光《ひかり》がさしたという話《はなし》があるが、どうだ、小判《こばん》でも落《お》ちていたか。」

「それから、また川《かわ》をどんどん❷くだっていくと小《ちい》さい尼寺《あまでら》がありました。そこで❸花《はな》の撓《とう》がありました。お庭《にわ》にいっぱい人《ひと》がいて、おれの笛《ふえ》くらいの大《おお》きさのお釈迦《しゃか》さまに、❹あま茶《ちゃ》の湯《ゆ》をかけておりました。おれもいっぱいかけて、それからいっぱい飲《の》ましてもらってきました。茶《ちゃ》わんがあるならかしらにも持《も》ってきてあげましたのに。」

中

「我說，那支笛子眞棒，於是老爺爺便告訴我生長笛竹的竹叢位置，聽說笛子就是用那裡的竹子做成的。於是我就前往老爺爺告訴我的竹叢一看，那裡果然茂密地長滿了數百根很棒的竹子。」

「以前曾聽說過，竹子會閃耀出金光，怎麼樣？有沒有金幣掉在那裡啊？」

「後來我又沿著河川繼續往下游走，看到一間小小的尼姑庵，正在舉辦花撓廟會。庭院裡人山人海，人們將香湯淋在如同我的笛子般大小的釋迦牟尼佛像上。我淋了很多，也喝了許多。如果有碗的話我就會幫頭目盛一杯回來的。」

❶ すいすいと：《副》順利地。

❷ 下《くだ》る：《自動・五段》下、下去。

❸ 花《はな》の撓《とう》：在東海、近畿地方的神社所舉辦的事前廟會儀式（祈求豐收）。

❹ 甘茶《あまちゃ》：《名》香湯。以甘草為主熬製而成，於浴佛節時，將之淋在釋迦牟尼的佛像上。又稱浴佛水。

「やれやれ、なんという❶罪《つみ》のねえ盗人《ぬすびと》だ。そういう❷人《ひと》ごみの中《なか》では、人《ひと》のふところや❸袂《たもと》に気《き》をつけるものだ。❹とんまめが、もういっぺんきさまもやりなおしてこい。その笛《ふえ》はここへおいていけ。」

角兵《かくべ》エはしかられて、笛《ふえ》を草《くさ》の中《なか》へおき、また村《むら》にはいっていきました。

おしまいに帰《かえ》ってきたのは鉋太郎《かんなたろう》でした。

「きさまも、❺ろくなものはみてこなかったろう。」と、きかないさきから、かしらがいいました。

「いや、金持《かねも》ちがありました、金持《かねも》ちが。」と鉋太郎《かんなたろう》は❻声《こえ》をはずませていいました。

中

「好了！你還眞是個天眞無邪的盜賊哪！待在人群裡時，至少也該注意一下人們的錢包或袖口吧！笨兔崽子，再去給我重新看一遍。那支笛子先留在這裡。」

角兵衛被罵之後，將笛子放在草叢裡，並再次走進村子。

最後回來的是鉋太郎。

「你這傢伙也沒看到什麼像樣的東西吧？」頭目遠遠地就對著他說道。

「不不，我看到有錢人哪，有錢人。」鉋太郎激動地叫嚷著。

❶ **罪《つみ》のねえ**：罪《つみ》がない。無惡意、天真純潔。
❷ **人込《ひとご》み**：《名》人群。
❸ **袂《たもと》**：《名》和服的袖口。
❹ **とんまめ**：《名、形動》愚笨、蠢。め：《接尾》有輕蔑的意思。
❺ **ろくなもの**：像樣的、令人滿意的東西。
❻ **声《こえ》を弾《はず》ませる**：聲音激動、抬高音量。

金持《かねも》ちときいて、かしらはにこにことしました。

「おお、金持《かねも》ちか。」

「金持《かねも》ちです、金持《かねも》ちです。すばらしいりっぱな家《いえ》でした。」

「うむ。」

「その座敷《ざしき》の天井《てんじょう》ときたら、さつま杉《すぎ》の❶一枚板《いちまいいた》なんで、こんなのをみたら、うちの親父《おやじ》はどんなに喜《よろこ》ぶかもしれない、と思《おも》って、あっしは❷みとれていました。」

「へっ、おもしろくもねえ。それで、その天井《てんじょう》をはずしてでもくる気《き》かい。」

中

一聽到有錢人，頭目馬上露出了笑容。

「喔、有錢人嗎？」

「是有錢人、有錢人。既華麗又氣派的家。」

「唔。」

「說到那宴客廳的天花板，居然鋪了一整片的屋久杉，要是我爹看到這幅光景，不曉得會有多麼開心呢！我簡直看到入迷了呢！」

「哼、無聊。難不成你打算把那片天花板給拆下來？」

❶ **一枚板《いちまいいた》**：沒有接縫的整片完整木板。

❷ **見取《みと》る**：見《み》とれる《自動・下一段》看得入迷。

鉋太郎《かんなたろう》は、じぶんが盗人《ぬすびと》の弟子《でし》であったことを思《おも》い出《だ》しました。盗人《ぬすびと》の弟子《でし》としては、あまり❶気《き》がきかなかったことがわかり、鉋太郎《かんなたろう》は❷バツのわるい顔《かお》をして❸うつむいてしまいました。

そこで鉋太郎《かんなたろう》も、もういちどやりなおしに村《むら》にはいっていきました。

「やれやれだ。」と、ひとりになったかしらは、草《くさ》の中《なか》へ❹あおむけにひっくりかえっていいました。

「盗人《ぬすびと》のかしらというのも❺あんがい楽《らく》なしょうばいではないて。」

中 此時鉋太郎才想起，自己是盜賊的徒弟。意識到身爲盜賊徒弟的自己，實在太不機伶了，鉋太郎難爲情的低著頭。

因此鉋太郎也重新再回到了村裡。

「眞是夠了。」獨自一人的頭目，仰躺在草叢裡說著。

「原來當盜賊的頭目也不是那麼輕鬆的差事。」

❶ **気《き》が利《き》かない**：不機伶。

❷ **ばつの悪《わる》い**：難為情、尷尬＝ぼっが悪《わる》い。

❸ **俯《うつむ》く**：《自動・五段》低下頭。

❹ **仰向《あおむ》ける**：《他動・下一段》仰，仰起。

❺ **案外《あんがい》**：《名、副、形動》想不到、出乎意料。

二

とつぜん、

「❶ぬすとだッ。」

「ぬすとだッ。」

「❷そら、❸やっちまえッ。」という、おおぜいの子《こ》どもの声《こえ》がしました。子《こ》どもの声《こえ》でも、こういうことを聞《き》いては、盗人《ぬすびと》としてびっくりしない❹わけにはいかないので、かしらは❺ひょこんと❻とびあがりました。そして、川《かわ》にとびこんで向《む》こう岸《きし》へにげようか、藪《やぶ》の中《なか》にもぐりこんで、姿《すがた》を❼くらまそうか、と、❽とっさのあいだに考《かんが》えたのであります。

36

中 突然，

「有小偷。」

「有小偷。」

「瞧、在那裡！把他抓起來！」就算是小朋友的聲音，光是聽到這個字眼，做賊的一定都會被嚇到，頭目馬上彈起來。究竟是要跳進河裡逃到對岸，還是鑽進草叢裡藏起身影呢？立刻在心裡盤算著。

❶ **ぬすと**：（＝ぬすびと）（俗）盜賊。

❷ **そら**：《感》（用以引起對方注意）喂、瞧。

❸ **やっちまえ**：やってしまえ。教訓一頓、給顏色瞧。

❹ **～わけにはいかない**：不能。

❺ **ひょこんと**：《副》突然。

❻ **飛《と》び上《あ》がる**：《自動・五段》跳起來。

❼ **くらます**：《自動・五段》隱藏、掩藏。

❽ **とっさの間《あいだ》**：一瞬間、剎那間。

しかし子《こ》どもたちは、縄切《なわき》れや、おもちゃの❶十手《じって》を❷ふりまわしながら、あちらへ走《はし》っていきました。子《こ》どもたちは盗人《ぬすびと》❸ごっこをしていたのでした。

「なんだ、子《こ》どもたちの遊《あそ》びごとか。」とかしらは❹はりあいがぬけていいました。

「遊《あそ》びごとにしても、盗人《ぬすびと》ごっことはよくない遊《あそ》びだ。いまどきの子《こ》どもはろくなことをしなくなった。あれじゃ、さきが❺思《おも》いやられる。」

じぶんが盗人《ぬすびと》のくせに、かしらはそんなひとりごとをいいながら、また草《くさ》の中《なか》にねころがろうとしたのでありました。そのときうしろから、

「おじさん。」と声《こえ》をかけられました。

中 不過孩子們卻邊揮舞著繩子、玩具捕棍，朝另一邊呼嘯而去。孩子們只是在玩盜賊遊戲罷了。

「什麼嘛！是小孩在玩遊戲啊！」無力地說道。

「不過雖然只是遊戲，但盜賊遊戲實在不是個好遊戲哪！現在的小孩子淨做些不正經的事。哎、他們的未來實在令人擔憂。」

自己明明是個盜賊。頭目邊自言自語地叨唸著，並打算再躺回草叢裡。此時從後方傳來，

「叔叔！」如此叫道。

❶ **十手**《じって》：《名》江戸時代的捕吏所拿的捕棍、鐵棍。

❷ **振**《ふ》**り回**《まわ》**す**：《他動・五段》揮舞。

❸ **～ごっこ**：《名》假裝…的遊戲。

❹ **張**《は》**り合**《あ》**いが抜**《ぬ》**ける**：洩氣、沒有勁。

❺ **思**《おも》**いやる**：《他動・五段》（令人）擔心。

ふりかえってみると、七歳《ななさい》くらいの、かわいらしい男《おとこ》の子《こ》が牛《うし》の仔《こ》をつれて立《た》っていました。❶顔《かお》だちの品《ひん》のいいところや、手足《てあし》の白《しろ》いところをみると、百姓《ひゃくしょう》の子《こ》どもとは思《おも》われません。❷旦那衆《だんなしゅう》の❸坊《ぼ》っちゃんが、❹下男《げなん》について野《の》あそびにきて、下男《げなん》に❺せがんで仔牛《こうし》を持《も》たせてもらったのかもしれません。だがおかしいのは、遠《とお》くへでもいく人《ひと》のように、白《しろ》い小《ちい》さい足《あし》に、小《ちい》さい草鞋《わらじ》をはいていることでした。

「この牛《うし》、持《も》っていてね。」

かしらが何《なに》もいわないさきに、子《こ》どもはそういって、❻ついとそばにきて、赤《あか》い❼手綱《たづな》をかしらの手《て》にあずけました。

中 他回頭一看，一位七歲左右的可愛男孩，牽了頭小牛站在那裡。由那眉清目秀的臉孔，以及白白嫩嫩的手腳看來，絕非一般農家的小孩。應該是哪個財主家的少爺，跟著男僕跑到野外來玩，纏著男僕央求讓他牽著小牛吧！不過奇怪的是，

這孩子像是出遠門的人般，白嫩嫩的小腳上，穿著一雙小巧的草鞋。

「幫我牽著這頭牛哦！」

在頭目尚未開口之前，那孩子如此說道，然後冷不防地來到他身邊，將紅色的轡繩交到頭目的手裡。

❶ **顔立《かおだ》ちの品《ひん》がいい**：五官端正、眉清目秀。

❷ **旦那衆《だんなしゅう》**：《名》老爺。「衆」表示複數，帶有輕微的敬意。

❸ **坊《ぼっ》ちゃん**：《名》少爺。

❹ **下男《げなん》**：《名》男僕。

❺ **せがむ**：《他動・五段》央求。

❻ **ついと**：《副》突然、迅速地。

❼ **手綱《たづな》**：《名》轡繩。

かしらはそこで、何《なに》かいおうとして口《くち》を❶もぐもぐやりましたが、まだいい出《だ》さないうちに子《こ》どもは、あちらの子《こ》どもたちの❷あとを追《お》って走《はし》っていってしまいました。あの子《こ》どもたちの仲間《なかま》になるために、この草鞋《わらじ》をはいた子《こ》どもはあとをもみずにいってしまいました。

❸ぼけんとしているあいだに牛《うし》の仔《こ》を持《も》たされてしまったかしらは、くッくッと笑《わら》いながら牛《うし》の仔《こ》をみました。

たいてい牛《うし》の仔《こ》というものは、そこらを❹ぴょんぴょん❺はねまわって、持《も》っているのが❻やっかいなものですが、この牛《うし》の仔《こ》はまた❼たいそうおとなしく、ぬれたうるんだ大《おお》きな❽眼《め》をしばたたきながら、かしらのそばに❾無心《むしん》に立《た》っているのでした。

中 此時頭目正打算張嘴說些話，但連一個字兒都還沒吐出來之前，那小孩已跟在那群孩子後面，跑得老遠了。爲了加入那群孩子的陣容，那個穿草鞋的小孩頭也不回的走了。

在恍惚之際被要求牽住這頭小牛的頭目，邊看著小牛忍不住悶笑了起來。

一般而言，小牛這種動物應該都是活蹦亂跳、很難應付才對，但這頭小牛卻出奇地溫馴，頻頻眨著牠那雙濕潤的骨碌碌大眼睛，天眞無邪地站在頭目的身旁。

❶ **もぐもぐ**：《副、自動サ變》（嘴裡）嘟囔。
❷ **あとを追《お》う**：追趕、追隨其後。
❸ **ぼける**：《自動・下一段》腦子遲鈍、發呆。
❹ **ぴょんぴょん**：《副、自サ》蹦來蹦去。
❺ **跳《は》ね回《まわ》る**：《自動・五段》活蹦亂跳。
❻ **厄介《やっかい》**：《名、形動》難以對付、麻煩。
❼ **大層《たいそう》**：《副、形動》很、非常。
❽ **眼《め》をしばたたく**：頻頻眨眼。
❾ **無《む》心《しん》**：《形動》天真無邪。

「くッくッくッ。」とかしらは、笑《わら》いが腹《はら》の中《なか》から❶こみあげてくるのが、とまりませんでした。

「これで弟子《でし》たちに自慢《じまん》ができるて。きさまたちが❷ばかづらさげて、村《むら》の中《なか》をあるいているあいだに、わしはもう牛《うし》の仔《こ》をいっぴきぬすんだ、といって。」

そしてまた、くッくッくッと笑《わら》いました。あんまり笑《わら》ったので、こんどは涙《なみだ》が出《で》てきました。

「ああ、おかしい。あんまり笑《わら》ったんで涙《なみだ》が出《で》てき❸やがった。」

ところが、その涙《なみだ》が、流《なが》れて流《なが》れてとまらないのでありました。

中「呵呵呵！」頭目感到笑意從腹中不斷湧出，一發不可收拾。

「這下子我可以向那些徒弟們好好炫燿一番了。你們這些蠢傢伙在村裡笨頭笨腦地走來走去之際，我已經偷了一頭牛了。」

想到這裡，頭目又呵呵地笑了起來。因爲笑得太厲害，這回居然流下了眼淚。

「啊啊、眞奇怪。我居然笑到流出眼淚。」

然而，淚水竟一直流啊流地怎麼也停不下來。

❶ 込上《こみあ》げる：《自動・下一段》油然而生，湧上來。

❷ ばかづら提《さ》げる：一副笨頭笨腦的樣子。

❸ やがる：《接尾》（接動詞連用形後構成五段活用動詞）表示輕視、憎惡。

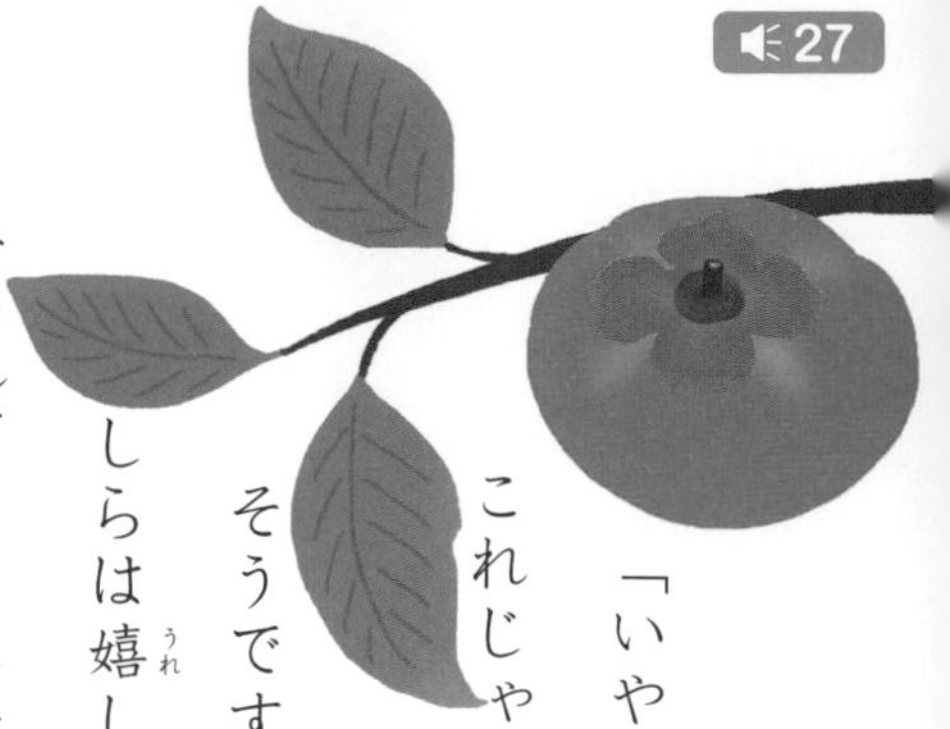

「いや、はや、これはどうしたこと❶だい、わしが涙《なみだ》を流《なが》すなんて、これじゃ、まるでないてるのと同《おな》じじゃないか。」

そうです。ほんとうに、盗人《ぬすびと》のかしらはないていたのであります。かしらは嬉《うれ》しかったのです。じぶんはいままで、人《ひと》から冷《つめ》たい眼《め》でばかりみられてきました。じぶんが通《とお》ると、人《ひと》びとはそら変《へん》なやつがきた❷といわんばかりに、窓《まど》をしめたり、すだれをおろしたりしました。じぶんが声《こえ》をかけると、笑《わら》いながら話《はな》しあっていた人《ひと》たちも、きゅうに仕事《しごと》のことを思《おも》い出《だ》したように向《む》こうをむいてしまうのでありました。池《いけ》の面《おもて》にうかんでいる鯉《こい》❸でさえも、じぶんが岸《きし》に立《た》つと、がばッと❹体《たい》をひるがえしてしずんでいくのでありました。あるとき❺さるまわしの背中《せなか》に負《お》われているさるに、柿《かき》の実《み》をくれてやったら、一口《ひとくち》もたべずに❻地《じ》べたにすててしまいました。みんながじぶんをきらっていたのです。みんながじぶんを信用《しんよう》してはくれなかったのです。

37

中
「哎呀、這到底是怎麼回事？我竟然流眼淚，這簡直跟哭沒兩樣嘛！」

沒錯，盗賊頭目的確是在哭泣。——頭目感到很開心。自己一直以來，都被人冷眼看待。當他走到街上時，人們滿臉露出怪人來了的神色，然後緊閉窗戶，拉下捲簾。當自己開口攀談，那些正在談笑風生的人們，一副突然想起工作似的朝另一邊扭頭而去。就連游在池面上的鯉魚，看見自己站在岸邊時，都會連忙噗通翻個身潛回池裡。有時候甚至連耍猴藝人肩上的猴子，也不屑他給的柿子，連一口都沒咬就丟到地上。因爲大家都討厭他，都不願意相信他。

❶ **だい**：「だ」與疑問詞結合時，表強硬的質問。若加上「い」，語氣較和緩柔和，一般為男性用語。

❷ **～といわんばかりに**：幾乎要說、好像說。表示內心的感受幾乎要脫口而出。

❸ **でさえ**：でも。連…都。

❹ **体《たい》を翻《ひるがえ》す**：翻身。

❺ **猿回《さるまわ》し**：耍猴藝人。讓猴子表演技藝並收取觀眾賞金的表演活動。

❻ **地《じ》べた**：《名》地面（較庸俗的說法）。

ところが、この草鞋《わらじ》をはいた子《こ》どもは、盗人《ぬすびと》であるじぶんに牛《うし》の仔《こ》をあずけてくれました。じぶんをいい人間《にんげん》であると思《おも》ってくれたのでした。またこの仔《こ》牛《うし》も、じぶんをちっともいやがらず、おとなしくしております。じぶんが母牛《ははうし》ででもある❶かのように、そばに❷すりよっています。子《こ》どもも仔牛《こうし》も、じぶんを信用《しんよう》しているのです。こんなことは、盗人《ぬすびと》のじぶんには、はじめてのことであります。人《ひと》に信用《しんよう》されるというのは、なんといううれしいことでありましょう。

そこで、かしらはいま、美《うつく》しい心《こころ》になっているのでありました。子《こ》どものころにはそういう心《こころ》になったことがありましたが、あれから長《なが》いあいだ、わるいきたない心《こころ》でずっといたのです。久《ひさ》しぶりでかしらは美《うつく》しい心《こころ》になりました。これはちょうど、あか❸まみれのきたない着物《きもの》を、きゅうに❹はれ着《ぎ》にきせかえられたように、奇妙《きみょう》なぐあいでありました。

中　但是，這位穿著草鞋的小孩，卻將小牛交給身爲盜賊的他來保管，因爲那孩子認爲他是個好人。而且連小牛也完全不嫌惡他，乖乖地待在身旁，好像將他視爲母牛般地依偎在他身邊。無論是小孩或小牛，都很信任他。對於身爲盜賊的自己而言，這還是頭一次。能被他人所信任，原來是如此令人喜悅的一件事啊！

　此刻頭目的心地變善良了。雖然在童年時，他也曾有過這般美好的心靈，但長久以來，他一直都是懷抱著惡意與污濁的心。睽違已久之後，頭目又變回原本那顆善良美好的心。這就像是將沾滿污垢的髒衣服，突然換成好衣服，感覺眞是奇妙極了。

❶ **～かのように**：好像似的。疑問詞「か」表語氣委婉，不十分肯定。

❷ **擦《す》り寄《よ》る**：《自動・五段》貼近、靠近。

❸ **～まみれ**：《接尾》沾滿（污垢）。

❹ **晴《は》れ着《ぎ》**：出門穿的好衣服、盛裝。（⇕普段着《ふだんぎ》）

——かしらの眼《め》から涙《なみだ》が流《なが》れてとまらないのはそういうわけなのでした。

やがて夕方《ゆうがた》になりました。松蝉《まつぜみ》は鳴《な》きやみました。村《むら》からは白《しろ》い夕《ゆう》もやがひっそりと流《なが》れだして、野《の》の上《うえ》にひろがっていきました。子《こ》どもたちは遠《とお》くへいき、「もういいかい。」「まあだだよ。」という声《こえ》が、ほかのもの音《おと》と❶まじりあって、❷ききわけ❸にくくなりました。

かしらは、もうあの子《こ》どもが帰《かえ》ってくるじぶんだと思《おも》って待《ま》っていました。あの子《こ》どもがきたら、「おいしよ。」と、盗人《ぬすびと》と思《おも》われぬよう、こころよく仔牛《こうし》をかえしてやろう、と考《かんが》えていました。

中

——頭目之所以淚流不止就是因爲這個原因。

不久，天色也暗了，松蟬也不再鳴叫。村裡昇起的白色暮靄也悄悄地飄了過來，瀰漫在原野的上方。孩子們跑往遠處「躲好了嗎？」「還沒！」嬉鬧聲與其它聲音混雜在一起，變得難以分辨。

頭目心想那孩子也快回來了吧，便一直等待著。當那孩子回來時，他想爽朗地對他說「還給你。」讓男孩不會認爲自己是個盜賊，將小牛還給他。

❶ **交《ま》じり合《あ》う**：《自動・五段》混合、混雜。

❷ **聞《き》き分《わ》ける**：《他動・下一段》聽出來、分辨出。

❸ **～にくい**：（接在動詞連用形下）表示困難。

だが、子《こ》どもたちの声《こえ》は、村《むら》の中《なか》へ消《き》えていってしまいました。草鞋《わらじ》の子《こ》どもは帰《かえ》ってきませんでした。村《むら》の上《うえ》にかかっていた月《つき》が、かがみ職人《しょくにん》のみがいた❶ばかりの鏡《かがみ》のように、ひかりはじめました。あちらの森《もり》でふくろうが、二声《ふたこえ》ずつ❷くぎって鳴《な》きはじめました。

仔牛《こうし》はお腹《なか》がすいてきたのか、からだをかしらにすりよせました。

「だって、しようがねえよ。わしからは乳《ちち》は出《で》ねえよ。」

そういってかしらは、仔牛《こうし》の❸ぶちの背中《せなか》をなでていました。まだ眼《め》から涙《なみだ》が出《で》ていました。

❹そこへ四人《よにん》の弟子《でし》がいっしょに帰《かえ》ってきました。

中 可是，那群孩子的聲音，卻消失在村裡。穿著草鞋的孩子並沒有回來。懸掛在村落上方的一輪明月，宛如剛被鏡匠磨亮的鏡子般，綻放出燦爛的光芒。遠處森林裡的貓頭鷹，以每兩聲爲間隔，開始鳴叫著。

小牛似乎肚子餓了，開始用身體磨蹭起頭目。

「蹭我也沒用啊，我身上擠不出奶水啦！」

如此說道的頭目，撫摸著小牛背上的斑紋。眼睛又流下淚水。

就在這個時候四位徒弟一起回來了。

❶ **ばかり**：《副助》（接助動詞た後）剛剛。

❷ **区切《くぎ》る**：《他動・五段》分段、隔開。

❸ **ぶち**：《名》（＝まだら）斑紋。

❹ **そこへ**：就在這個時候。

三

「かしら、ただいまもどりました。おや、この仔牛《こうし》はどうしたのですか。ははア、やっぱりかしらはただの盗人《ぬすびと》じゃない。おれたちが村《むら》をさぐりにいっていたあいだに、もうひと仕事《しごと》❶しちゃったのだね。」釜右エ門《かまえもん》が仔牛《こうし》をみていいました。

かしらは涙《なみだ》にぬれた顔《かお》をみられ❷まいとして横《よこ》をむいた❸まま、

「うむ、そういってきさまたちに自慢《じまん》しようと思《おも》っていたんだが、じつはそうじゃねえのだ。これにはわけがあるのだ。」といいました。

「おや、かしら、涙《なみだ》じゃございませんか。」と海老之丞《えびのじょう》が❹声《こえ》を落《お》としてききました。

38

中

「頭目，我們回來了。咦、這頭小牛是怎麼回事啊？啊啊、頭目果然不是普通的盜賊，在我們到村裡打探情況時，就已經辦好一件事了呢！」釜右衛門看著小牛說道。

頭目不想讓他們看到自己滿臉淚痕，趕緊將臉別到一旁。

「唔，我原本是打算要向你們炫耀的，但其實並不是這樣，這是有原因的。」頭目說道。

「咦、頭目、這不是眼淚嗎？」海老之丞放低聲量問道。

❶ **しちゃった**：してしまった。表動作完成。

❷ **まい**：《助動》（接在五段動詞終止形或五段以外動詞的未然形下）表否定的意志。不、不打算。

❸ **～まま**：《形式名》維持某一狀態不動。

❹ **声《こえ》を落《お》とす**：放低聲量。

「この、❶涙《なみだ》てものは、出《で》はじめると出《で》るもんだな。」といって、かしらは袖《そで》で眼《め》をこすりました。

「かしら、喜《よろこ》んで❷くだせえ、こんどこそは、おれたち四人《よにん》、しっかり盗人根性《ぬすっとこんじょう》になってさぐってまいりました。釜《かま》右エ門《えもん》は金《きん》の茶釜《ちゃがま》のある家《いえ》を五軒《ごけん》❸みとどけますし、海老之丞《えびのじょう》は、五《いつ》つの土蔵《どぞう》の錠《じょう》をよくしらべて、曲《ま》がった釘《くぎ》一本《いっぽん》であけられることをたしかめますし、大《だい》工《く》のあっしは、この鋸《のこぎり》で❹なんなく切《き》れる❺家尻《やじり》を五《いつ》つみてきましたし、角兵エ《かくべ》は角兵エ《かくべ》でまた、❻足駄《あしだ》ばきでとびこえられる塀《へい》を五《いつ》つみてきました。かしら、おれたちはほめていただきとうございます。」と鉋太郎《かんなたろう》が意気《いき》ごんでいいました。

中 「這個、眼淚這種東西，一旦流起來就沒完沒了。」頭目一邊說著一邊用袖子擦拭眼角。

「頭目，您可要高興點，這次我們四人發揮了盜賊的本性，仔細地打探清楚了。釜右衛門看準五戶有黃金茶鍋的人家、海老之丞則仔細調查了五間倉庫的鎖，確認只用一根彎曲的釘子就可以打開、木匠的我，也找到五戶用這把鋸子就可輕易地鋸開後壁的人家、角兵衛很了不起，發現五戶只要穿上高齒木屐就能翻過圍牆的人家。頭目，好好地誇獎我們吧！」鉋太郎意氣風發地說著。

❶ **涙《なみだ》てものは**：涙《なみだ》というものは。

❷ **くだせえ**：ください。

❸ **見《み》とどける**：《他動・下一段》看準、探之。

❹ **難《なん》なく**：《副》不費勁地、輕而易舉地。

❺ **家尻《やじり》**：《名》住家或倉庫後面的牆壁。

❻ **足駄履《あしだば》き**：穿著高齒木屐。
足駄《あしだ》：《名》高齒木屐。

しかしかしらは、それに答《こた》えないで、

「わしはこの仔牛《こうし》をあずけられたのだ。ところが、いまだに、とりにこないので❶よわっ❷ているところだ。すまねえが、おまえら、❸手《て》わけして、あずけていった子《こ》どもをさがしてくれねえか。」

「かしら、あずかった仔牛《こうし》をかえすのですか。」と釜右エ門《かまえもん》が、❹のみこめないような顔《かお》でいいました。

「そうだ。」

「盗人《ぬすひと》でもそんなことをするの❺でごぜえますか。」

「それにはわけがあるのだ。これだけはかえすのだ。」

中 不料頭目卻答非所問地說道，

「我是被人託付看管這頭小牛的，但對方到現在還沒來領走，我正煩惱著呢！不好意思，你們可以分頭出去幫我找寄放這頭牛的小孩嗎？」

「頭目，你要把這頭寄放的小牛還回去嗎？」

釜右衛門露出一臉納悶的表情說道。

「是的。」

「盜賊也會做這種事嗎？」

「這是有原因的。只有這頭小牛非送還不可。」

❶ **よわ**：《自動・五段》困擾、困惑、為難。

❷ **～ている＋ところ**：正…的時候。

❸ **手《て》分《わ》け**：《名、自動サ變》分頭做。

❹ **飲《の》み込《こ》む**：《他動・五段》理解、領會。

❺ **でござえますか**：でございますか。

「かしら、もっとしっかり盗人根性《ぬすっとこんじょう》になってくだせえよ。」と鉋太郎《かんなたろう》がいいました。

かしらは苦笑《にがわら》いしながら、弟子《でし》たちにわけをこまかく話《はな》してきかせました。わけをきいてみれば、みんなにはかしらの心持《こころも》ちがよくわかりました。

そこで弟子《でし》たちは、こんどは子《こ》どもをさがしにいくことになりました。

「草鞋《わらじ》をはいた、かわいらしい、七《なな》つ❶ぐれえの男坊主《おとこぼうず》なんですね。」

と❷ねんをおして、四人《よにん》の弟子《でし》はちっていきました。かしらも、もうじっとしておれなくて、仔牛《こうし》をひきながら、さがしにいきました。

中

「頭目，您要好好地振作，拿出盜賊本性啊！」鉋太郎如此說道。

頭目邊苦笑，邊仔細地將原委告訴了徒弟們。聽完原因之後，大家都非常了解頭目的心情。

於是徒弟們便開始去尋找那個小孩子。

「是位穿著草鞋，七歲左右的可愛小少爺沒錯吧！」

四個徒弟再三確認叮囑過後，便出發前去尋找了。頭目也按捺不住，牽著小牛一起外出尋找。

❶ **ぐれえ**：ぐらい。大約、大概、左右。

❷ **念《ねん》を押《お》す**：叮囑。

月《つき》のあかりに、野茨《のいばら》とうつぎの白《しろ》い花《はな》が❶ほのかにみえている村《むら》の夜《よる》を、五人《ごにん》のおとなの盗人《ぬすびと》が、一匹《いっぴき》の仔牛《こうし》をひきながら、子《こ》どもをさがして歩《ある》いていくのでありました。

❷かくれんぼのつづきで、まだあの子《こ》どもがどこかにかくれているかもしれないというので、盗人《ぬすびと》たちは、みみずの鳴《な》いている❸辻堂《つじどう》の縁《えん》の下《した》や柿《かき》の木《き》の上《うえ》や、物置《ものおき》の中《なか》や、いいにおいのするみかんの木《き》のかげをさがしてみたのでした。人《ひと》にきいてもみたのでした。

中

在月光籠罩下，村落夜裡隱約可看到野薔薇與卯花的白色花朵，五名成年人的盜賊，牽著一頭小牛，動身尋找一個小孩。

彷彿還在玩捉迷藏一般，那個小孩還躲在某個地方似的，盜賊們找了螻蛄鳴叫的小佛堂簷廊下方、柿子樹上、倉庫裡面、散發甜美香氣的橘子樹蔭下，也問了人。

❶ **ほのか**：《形動》隱約、模糊。
❷ **隠《かく》れん坊《ぼう》**：《名》捉迷藏。
❸ **辻堂《つじどう》**：《名》路旁的小廟、小佛堂。

しかし、ついにあの子《こ》どもは❶みあたりませんでした。百姓《ひゃくしょう》たちはちょうちんに火《ひ》を入《い》れてきて、仔牛《こうし》を❷てらしてみたのですが、こんな仔牛《こうし》はこのあたりではみたことがないというのでした。

「かしら、こりゃ❸夜《よ》っぴてさがしてもむだらしい、もう❹よしましょう。」と海老《えび》之丞《のじょう》が❺くたびれたように、道《みち》ばたの石《いし》に腰《こし》をおろしていいました。

「いや、どうしてもさがし出《だ》して、あの子《こ》どもにかえしたいのだ。」とかしらはききませんでした。

「もう、❻てだてがありませんよ。ただひとつのこっているてだては、❼村役人《むらやくにん》のところへ❽うったえることだが、かしらもまさかあそこへはいきたくないでしょう。」

と釜右エ門《かまえもん》がいいました。村役人《むらやくにん》というのは、いまでいえば駐在巡査《ちゅうざいじゅんさ》のようなものであります。

中 但是，卻始終找不著那孩子的蹤影。農夫們點燃燈籠，照了照那頭小牛，但都說不曾在這附近看過這頭小牛。

「頭目，我看就算找一整夜也是白費力氣，還是作罷吧！」海老之丞累壞似地坐在路旁的石頭上說道。

「不行，無論如何都得找出來，非還給那個孩子不可。」頭目不理會地說道。

「已經束手無策了啦！只剩下一個方法，就是到村吏那邊去申訴，但頭目你應該不會想上那兒去吧！」釜右衛門說道。所謂的村吏，就同等於現在的警察。

❶ **見《み》当《あ》たる**：《自動・五段》找到、看到。
❷ **照《て》らす**：《他動・五段》照、照射。
❸ **夜《よ》っぴて**：《副》整夜、終夜。
❹ **止《よ》す**：《他動・五段》停止、作罷。
❺ **くたびれる**：《自動・下一段》疲累。
❻ **手《て》立《だ》て**：《名》方法、手段。
❼ **村役人《むらやくにん》**：《名》（江戸時代）村吏。
❽ **訴《うった》える**：《他動・下一段》申訴。

「うむ、そうか。」とかしらは考《かんが》えこみました。そしてしばらく仔牛《こうし》の頭《あたま》をなでていましたが、やがて、

「じゃ、そこへいこう。」といいました。

そしてもう歩《ある》きだしました。弟子《でし》たちはびっくりしましたが、ついていく❶よりしかたがありませんでした。

たずねて村役人《むらやくにん》の家《いえ》へいくと、あらわれたのは、鼻《はな》の先《さき》に落《お》ち❷かかるように眼鏡《めがね》をかけた老人《ろうじん》でしたので、盗人《ぬすびと》たちはまず安心《あんしん》しました。これなら、❸いざというときに、❹つきとばしてにげてしまえばいいと思《おも》ったからであります。

かしらが、子《こ》どものことを話《はな》して、

「わしら、その子《こ》どもを❺見失《みうしな》って困《こま》っております。」といいました。

中 「唔、這樣啊！」頭目陷入沈思，並撫摸著小牛的頭一會兒，不久，

「那我們就去那兒吧！」開口說道。

並邁開腳步往前走。徒弟們雖都嚇了一跳，但也只能尾隨其後。

問路前往村吏的家，映入眼簾的是一位老人，他戴著一副快從鼻尖滑落下來的眼鏡，盜賊們這才放下一顆心。眾人心想，萬一發生什麼突發狀況，只要推倒他拔腿逃跑就行了。

頭目開始陳述那小孩的事，

「我們正煩惱著找不到那個小孩。」如此說道。

❶ **～より仕方《しかた》がない**：除了…之外別無他法、只好。

❷ **～かかる**：《接尾》（前接動詞連用形）將要、眼看就要。

❸ **いざというとき**：一旦有事、緊急的時候。

❹ **突《つ》き飛《と》ばす**：《他動・五段》推倒、撞倒。

❺ **見《み》失《うしな》う**：《他動・五段》看不見、看丟。

老人《ろうじん》は五人《ごにん》の顔《かお》をみまわして、

「❶いっこう、このあたりで❷みうけぬ人《ひと》ばかりだが、どちらから❸まいった。」

とききました。

「わしら、江戸《えど》から西《にし》の方《ほう》へいくものです。」

「まさか盗人《ぬすびと》ではあるまいの。」

「いや、とんでもない。わしらはみな旅《たび》の職人《しょくにん》です。釜師《かまし》や大工《だいく》や錠前屋《じょうまえや》などです。」とかしらはあわてていいました。

「うむ、いや、変《へん》なことをいってすまなかった。お前《まえ》たちは盗人《ぬすびと》ではない。盗人《ぬすびと》が物《もの》をかえす❹わけがないでの。盗人《ぬすびと》なら、物《もの》をあずかれば、これさいわいとくすねていってしまう❺はずだ。いや、せっかくよい心《こころ》で、そうしてとどけ

40

中

老人將五個人的臉孔都打量了一遍後，問道。

「怎麼全是我在這附近不曾看過的生面孔，你們是打哪兒來的啊？」

「我們來自江戶，打算前往西邊。」

「你們該不會是盜賊吧？」

「不、沒那回事。我們都是行走江湖的工匠，像是鍋匠或木匠或鎖匠等等。」頭目慌忙地答道。

「唔，說了些奇怪的話，不好意思。你們不是盜賊，盜賊是不會歸還東西的。如果是盜賊，應該會興高采烈地將寄放的東西占爲己有才是。你們難得一片好心把牛牽過來，我還說了這麼失禮的話眞是抱歉。

1. **いっこう**：《副》完全（不）、一點也（不）。
2. **みうけぬ**：（＝みかけない）沒看過。
3. **参る**《まい》：《自動・五段》（行く《い》、来る《く》的謙遜語）來、去。
4. **～わけがない**：不可能。
5. **くすねる**：《他動・下一段》（把別人的東西順手）偷偷地據為己有、私吞。
6. **～はず**：理應、應該才是。

にきたのを、変《へん》なことを申《もう》してすまなかった。いや、わしは役目《やくめ》がら、人《ひと》を疑《うたが》うくせになっているのじゃ。人《ひと》をみ❶さえすれば、こいつ、❷かたりじゃないか、すりじゃないかと思《おも》うようなわけさ。ま、わるく思《おも》わないでくれ。」と老《ろう》人《じん》はいいわけをしてあやまりました。

そして、仔牛《こうし》はあずかっ❸ておくことにして、下男《げなん》に物置《ものおき》の方《ほう》へつれていかせました。

「旅《たび》で、みなさんおつかれ❹じゃろ、わしはいまいい酒《さけ》をひとびん西《にし》の館《やかた》の太郎《たろう》❺どんからもらったので、月《つき》をみながら縁側《えんがわ》でやろうとしていたのじゃ。❻いいとこへみなさんこられた。ひとつつきあいなされ。」

中 不、畢竟職責所在，我也就養成了懷疑他人的習慣。只要一看到人，就忍不住會開始想，這傢伙是不是騙子或小偷啊。唉、請別見怪。」老人向他們解釋並道歉。

然後便將小牛接手過去，讓僕人牽到倉庫去。

「各位一路旅行，想必都累了吧！我剛從西邊公館的太郎先生那兒收到一瓶好酒，原本打算在走廊上一邊賞月一邊小酌。你們來得正好，陪我喝一杯吧！」

❶ **～さえ～ば**：表唯一條件。只要就。
❷ **かたり**：《名》騙子。
❸ **～ておく**：在這裡指「保持某種狀態」。另還有「事先」之意。
❹ **じゃろ**：だろ《助動》（接動詞連用形表示推測）了吧。
❺ **どん**：《接尾》（=殿《どの》。（接在姓名、職稱下表示尊敬）先生、閣下、老爺。
❻ **いいとこへ来《き》た**：來得正好、來得正是時候。

ひとのよい老人《ろうじん》はそういって、五人《ごにん》の盗人《ぬすびと》を縁側《えんがわ》につれていきました。

そこで酒《さけ》をのみはじめましたが、五人《ごにん》の盗人《ぬすびと》と一人《ひとり》の村役人《むらやくにん》は❶すっかり、くつろいで、十年《じゅうねん》もまえからの知《し》り合《あ》いのように、ゆかいに笑《わら》ったり話《はな》したりしたのでありました。

するとまた、盗人《ぬすびと》のかしらはじぶんの眼《め》が涙《なみだ》をこぼしていることに気《き》がつきました。それをみた老人《ろうじん》の役人《やくにん》は、「おまえさんは❷なき上戸《じょうご》とみえる。わしは❸笑《わら》い上戸《じょうご》で、ないている人《ひと》をみると❹よけい笑《わら》えてくる。どうかわるく❺思《おも》わんでくだされや、笑《わら》うから。」といって、口《くち》をあけて笑《わら》うのでした。

「いや、この、涙《なみだ》というやつは、まことに❻とめどなく出《で》るものだね。」とかしらは、眼《め》を❼しばたきながらいいました。

41

中

這位和善的老人說完後，便帶著這五名盜賊來到走廊。

一行人便在那兒喝起酒來，五名盜賊與一名村吏完全的放鬆了下來，像是十年前就認識的朋友一樣，彼此談笑風生。

然後，盜賊頭目發現自己的眼睛又流下淚水來。看到這副光景的老村吏，「看得出來你是個會酒醉落淚的人，我是個酒醉後就會大笑的人，看到有人在哭就會格外想笑。所以可不要見怪啊！我就這麼愛笑。」說罷便咧嘴一笑。

「哎、這眼淚實在是無法止住啊！」頭目邊眨著眼睛邊說道。

❶ **すっかり**：《副》全部、完全。

❷ **泣《な》き上戸《じょうご》**：一喝醉酒就哭的人。

❸ **笑《わら》い上戸《じょうご》**：一喝醉酒就笑的人。

❹ **余計《よけい》**：《副》更加、格外。

❺ **思《おも》わんで**：思《おも》わないで。

❻ **とめどなく**：（=止《と》まることなく）抑制不住、滔滔不絕。

❼ **しばたきながら**（=しばたたきながら）しばたたく：《他動・五段》頻頻眨眼、直眨眼睛。

それから五人《ごにん》の盗人《ぬすびと》は、お礼《れい》をいって村役人《むらやくにん》の家《いえ》を出《で》ました。

門《もん》を出《で》て、柿《かき》の木《き》のそばまでくると、何《なに》か思《おも》い出《だ》したように、かしらが❶立《た》ちどまりました。

「かしら、何《なに》か忘《わす》れものでもしましたか。」と鉋太郎《かんなたろう》がききました。

「うむ、わすれもんがある。おまえらも、いっしょにもういっぺんこい。」

といって、かしらは弟子《でし》をつれて、また役人《やくにん》の家《いえ》にはいっていきました。

「ご老人《ろうじん》。」とかしらは縁側《えんがわ》に手《て》をついていいました。

「なんだね、❷しんみりと。なき上戸《じょうご》の❸おくの手《て》が出《で》るかな。ははは。」

と老人《ろうじん》は笑《わら》いました。

中

之後，五名盜賊向村吏道過謝後，便起身告辭了。

一踏出門外，來到柿子樹邊時，頭目像是突然想起什麼似地，停下了腳步。

「頭目，忘了拿什麼東西嗎？」鉋太郎問道。

「唔，我的確是忘了一件事。你們也和我再回去一趟吧！」語畢，頭目便帶著徒弟再度走進村吏的住處。

「老先生。」頭目手扶著走廊開口道。

「怎麼這麼沉默啊？是要告訴我酒醉愛哭的秘訣嗎？哈哈哈。」老人笑呵呵地問著。

❶ **立《た》ち止《ど》まる**：《自動・五段》站住、停下腳步。

❷ **しんみりと**：《副、自動サ變》肅靜、沉默。

❸ **奥《おく》の手《て》**：秘訣、絕招。

「わしらはじつは盗人《ぬすびと》です。わしがかしらでこれらは弟子《でし》です。」

それをきくと老人《ろうじん》は眼《め》をまるくしました。

「いや、びっくりなさるのは❶ごもっともです。わしはこんなことを❷白状《はくじょう》するつもりじゃありませんでした。しかしご老人《ろうじん》が心《こころ》のよいお方《かた》で、わしらを❸まっとうな人間《にんげん》のように信《しん》じていてくださるのをみては、わしはもうご老人《ろうじん》を❹あざむいていることができなくなりました。」

そういって盗人《ぬすびと》のかしらはいままでしてきたわるいことをみな白状《はくじょう》してしまいました。そしておしまいに、

中

「其實我們是盜賊，我是頭目而他們是徒弟。」

一聽到這番話，老人的眼睛頓時睜得又圓又大。

「您會這麼吃驚也是理所當然的。我原本並沒有打算招認這件事。可是老先生您是個好心人，看到您相信我們是正派人士時，我也沒辦法再欺騙您老人家了。」

於是盜賊頭目便將自己過去所做的壞事一一和盤托出。最後還接著說，

❶ごもっとも：《形動》合理、正確、理所當然。

❷白状《はくじょう》する：《他動サ變》坦白、招認、認罪。

❸まっとう：《形動》（＝まとも）正直、老實。

❹欺《あざむ》く：《他動・五段》（＝騙《だま》す）欺騙。

「だが、これらは、昨日《きのう》わしの弟子《でし》になったばかりで、まだ何《なに》もわるいことはしておりません。お慈悲《じひ》で、どうぞ、これらだけはゆるしてやってください。」といいました。

つぎの朝《あさ》、花《はな》のき村《むら》から、釜師《かまし》と錠前屋《じょうまえや》と大工《だいく》と角兵エ《かくべ》獅子《じし》とが、それぞれべつの方《ほう》へ出《で》ていきました。四人《よにん》は❶うつむきがちに、歩《ある》いていきました。かれらはかしらのことを考《かんが》えていました。よいかしらであったと思《おも》っておりました。よいかしらだから、最後《さいご》にかしらが「盗人《ぬすびと》にはもうけっしてなる❷な。」といったことばを、守《まも》らなければならないと思《おも》っておりました。

角兵エ《かくべ》は川《かわ》の❸ふちの草《くさ》の中《なか》から笛《ふえ》をひろってヒャラヒャラと鳴《な》らしていきました。

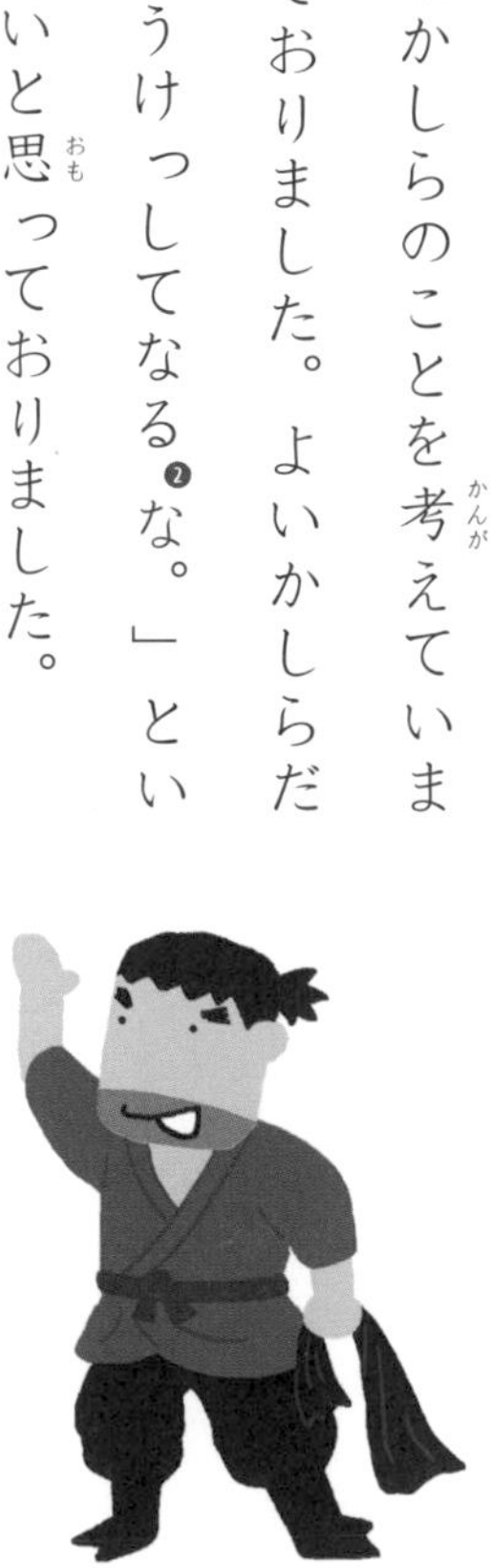

中 「但他們昨天才剛成爲我的徒弟，還沒做過任何壞事。請您大發慈悲，無論如何饒過他們。」

隔天早晨，鍋匠、鎖匠、木匠與舞獅的角兵衛各自離開了花木村。四人都低著頭走著。他們都在想著頭目的事。覺得他眞是個好頭目。正因爲他是個好頭目，所以最後頭目所交代的「以後絕對不能再當盜賊。」這句話，一定要好好遵守才行。

角兵衛從河邊的草叢裡撿起了笛子，嗚嗚地吹著離去。

❶ 俯《うつむ》く：《自動・五段》低頭。

❷ な：《終助》（前接動詞終止形）表禁止。不要、別。

❸ 縁《ふち》：《名》旁、側。

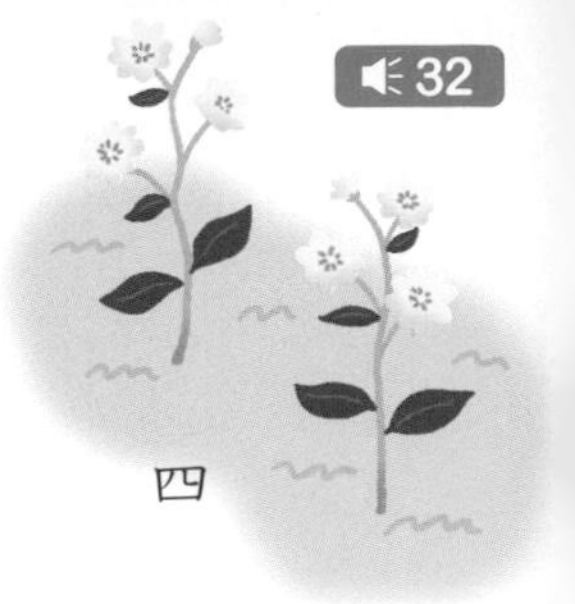

32

四

こうして五人《ごにん》の盗人《ぬすびと》は、❶改心《かいしん》したのでしたが、そのもとになったあの子《こ》どもはいったいだれだったのでしょう。花《はな》のき村《むら》の人《ひと》びとは、村《むら》を盗人《ぬすびと》の❷難《なん》から❸すくってくれた、その子《こ》どもをさがしてみたのですが、けっきょくわからなくて、ついには、こういうことにきまりました、——それは、土橋《どばし》の❹たもとにむかしからある小《ちい》さい地蔵《じぞう》さんだろう。草鞋《わらじ》をはいていたというのがしょうこである。なぜなら、どういうわけか、この地蔵《じぞう》さんには村人《むらびと》たちがよく草鞋《わらじ》をあげるので、ちょうどその日《ひ》も新《あたら》しい小《ちい》さい草鞋《わらじ》が地蔵《じぞう》さんの足《あし》もとにあげられてあったのである。——というのでした。

42

中 從此之後，五名盜賊洗面革心。但究竟那個小孩是何等人物呢？拯救了花木村的民衆免於被盜賊洗劫村子的危機，雖然大家也試著去尋找那位小孩，但結果還是不得而知。最後，便傳出了這種說法——其實，那是自古就供奉在橋旁的一尊小小地藏菩薩。他穿著草鞋就是證據。原因是因爲村人們經常會送草鞋給這尊小地藏菩薩，剛好在那天，地藏菩薩的腳邊就放了一雙嶄新的小草鞋。——就是這麼一回事。

❶ **改心**《かいしん》：《名、自動サ變》洗面革心、改過向善、悔改。

❷ **難**《なん》：《名》災難、災禍。

❸ **救**《すく》**う**：《他動・五段》救、拯救。

❹ **たもと**：（=そば）旁、側。

Q：真的有花木村嗎？

A：以前在安城有一個名叫花木的地方，是現今安城市役所東邊的花木鎮。據說那裡有許多的「ハナノキ」。曾在那裡任職教師的新美南吉，在日記裡描述過花木鎮的美麗景色。

※ ハナノキ：楓樹的一種。日本固有品種，只有在長野縣、岐阜縣、愛知縣、滋賀縣擁有自生種。最近廣泛被種植在街道旁及公園裡。為愛知縣的縣樹。

地蔵《じぞう》さんが草鞋《わらじ》をはいて歩《ある》いたというのはふしぎなことですが、世《よ》の中《なか》にはこれくらいのふしぎはあってもよいと思《おも》われます。それに、これはもうむかしのことなのですから、どうだって、いいわけです。でもこれがもしほんとうだったとすれば、花《はな》のき村《むら》の人《ひと》びとがみな心《こころ》のよい人《ひと》びとだったので、地蔵《じぞう》さんが盗人《ぬすびと》からすくってくれたのです。そうならば、また、村《むら》というものは、心《こころ》のよい人《ひと》びとが住《す》ま[1]ねばならぬということにもなるのであります。

中　地藏菩薩穿著草鞋行走雖然是件不可思議的事，但在這世上有這等神奇之事也未嘗不好。況且，這是個流傳已久的故事，是眞是假也都無所謂了。但如果這一切都是眞的，也是因爲花木村裡每個人的心地都十分善良，所以地藏菩薩才從盜賊手裡拯救了他們。由此可知，要住在這個村子，就必須是善良的人才行。

❶ ～ねばならぬ：（＝なければならない）必須。

故事裡的擬聲擬態

43

1 【あちこち】

到處、各處。

★道《みち》に迷《まよ》い、**あちこち**と歩《ある》き回《まわ》った。

★迷路了，到處轉來轉去。

2 【ジイジイジイイ】

唧唧蟬聲。

★どこからか**ジイジイジイジイイ**と蟬《せみ》の声《こえ》が聞《き》こえる。

★不知道從哪裡傳來唧唧唧唧的蟬鳴聲。

3 【ゴトンゴトン】

水車轉動的聲音。

★水車《すいしゃ》のゴトンゴトンの音《おと》を聞《き》くと、田舎《いなか》を思《おも》い出《だ》す。

★聽見水車轉動的聲音，讓人聯想起鄉村。

4 【よっく】

很詳細的。

★**よっく**確《たし》かめてからやらないと、失敗《しっぱい》しちゃう。

★必須仔細地再三確認，不然會失敗。

5 【ヒャラヒャラ】

仔細地、來來回回地。

★ヒャラヒャラといい音《ね》色《いろ》の笛《ふえ》の音《おと》が聞《き》こえてきたぞ。

★聽得見響亮清脆的悠悠笛聲。

6 【スッパスッパ】

一口接著一口地（吸菸）。

★大人《おとな》がスッパスッパとタバコを吸《す》っているよ。

★大人一口接一口地吸著菸。

7 【えいくそっ】

驚訝時的感嘆聲。男性用語，較粗魯的用法。

★えいくそっ！ビックリさせるなよ。

★可惡！不要嚇我啦。

8 【たてぬ】

不出聲。

★朝《あさ》早《はや》いから、音《おと》を立《た》てぬように歩《ある》こう。

★因為現在還很早，壓低聲量的走吧。

9 【どんどん】

事情進展迅速，或是積極行動。

★この道《みち》をどんどん歩《ある》いていくと桜《さくら》が満開《まんかい》だった。

★沿著這條路一直走下去，看到了綻開的櫻花樹。

10 【ええ音《おと》がする】

聲音很好聽。

※ええ＝いい。

★このギターは、とても**ええ音《おと》がする**ぞ。

★這把吉他，聲音很不錯。

11 【やれやれ】

疲勞、吃驚時所發出的感嘆聲。

★**やれやれ**、どうもうまくいかないや。

★唉呀，怎麼這麼不順利呢。

12 【くっくっ】

笑聲。

★おもしろくて**くっくっ**笑《わら》いが止《と》まらないや。

★太有趣了笑個不停。

13 【うるんだ】

水汪汪的大眼睛。

★子犬《こいぬ》が**うるんだ**瞳《ひとみ》でずっとこっちをみてるよ。

★小狗狗水汪汪的眼睛一直望著這裡。

【そら】 14

唉。（＝ほら）

★**そら**、またへんなことをして！

★唉，你又在做些奇怪的事情了。

【がばっと】 15

形容猛然起身時的動作。

★**がばっと**起《お》きて、すぐ準備《じゅんび》して出《で》かけた。

★馬上起身，立刻準備出門。

【ははァ】 16

豁然開朗時所發出的感嘆聲。

★**ははァ**、君《きみ》の言《い》いたいことは分《わ》かったよ。

★喔，我懂你說的意思了。

【うむ】 17

表認同。古時候及較年長的人常使用。

★**うむ**。おぬしのことは信《しん》じよう。

★嗯。那我就相信你吧。おぬし＝あなた，（古時候的用法）。

【眼《め》をまるくした】 18

眼睛睜得又圓又大看起來很驚訝的樣子。

★彼女《かのじょ》の告白《こくはく》を聞《き》いて**眼《め》をまるくした**。

★聽了她的告白後非常地驚訝。

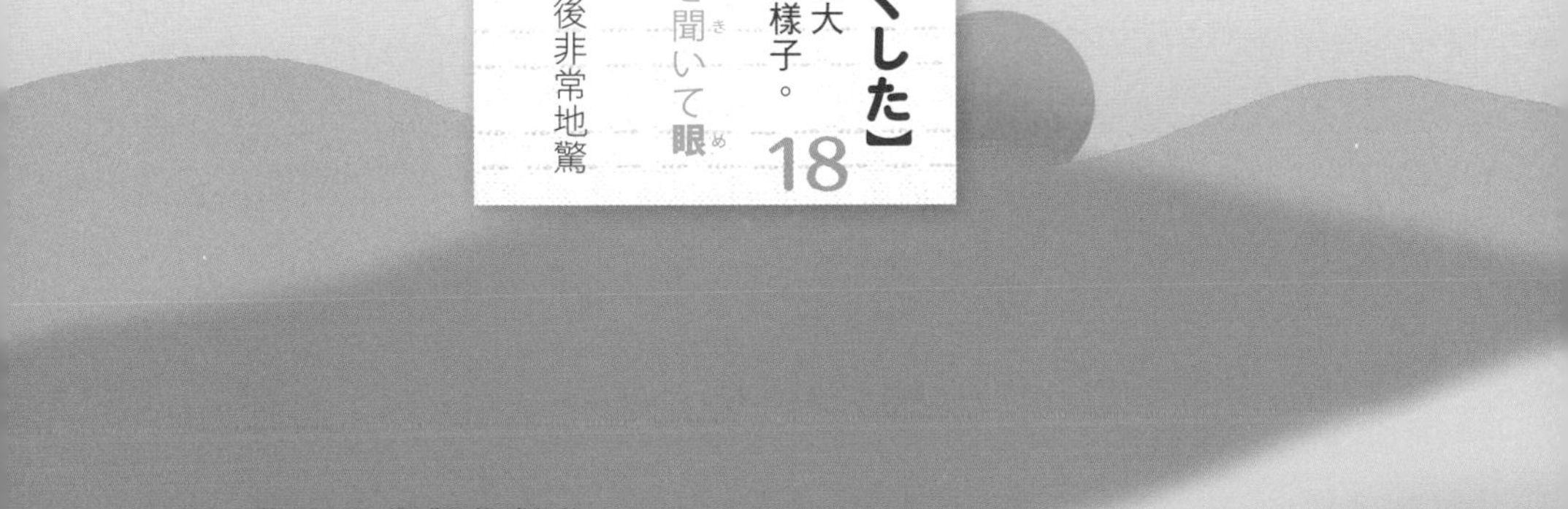

索引

索引

索引

索引

索引

新美南吉的日記《節錄》

新美南吉 29 年又 7 個月的短暫人生中遺留下許多日記及書信。閱讀完新美南吉的作品後，特別從日記及書信中節錄幾段句子，讓讀者能更認識新美南吉。

やはり、ストーリィには、悲哀《ひあい》がなくてはならない。悲哀《ひあい》は愛《あい》に変《かわ》る。(中略) 俺《おれ》は、悲哀《ひあい》、即《すなわ》ち愛《あい》を含《ふく》めるストーリィをかこう。

故事裡還是必須要有悲傷。因為悲傷會轉化為愛。(中略) 我要寫下這悲傷，也就是有愛的故事。

(昭 4・4・6 日記)

空想《くうそう》は尊《とうと》い。空想《くうそう》にめぐまれた私《わたし》は幸《さいわい》である。

想像是件神聖的事情。被想像所圍繞著的我，真的好幸福。

(昭 4・10・30 日記)

ずっと前《まえ》に作《つく》った創作童話《そうさくどうわ》「大男《おおおとこ》の話《はなし》」を子供《こども》にしてやった。ひそひそと泣《な》く子《こ》があった。私《わたし》はうれしくなった。私《わたし》の頭《あたま》が作《つく》りあげた話《はなし》が、子供《こども》の美《うつく》しい涙《なみだ》に価《あたい》するのが。

和孩子們分享了之前創作的童話「巨人的故事」。發現有孩子在默默哭泣。我好開心。我所寫的故事，讓孩子美麗的淚水充滿價值。

(昭 6 ・4 ・17 日記)

また今日《きょう》も己《おのれ》を探《さが》す。

今天也同樣在探索自我。

(昭 12・2・14 日記)

新美南吉的日記《節錄》

始《はじ》めてマッチがすれた時《とき》、はじめて自転車《じてんしゃ》にのれた時《とき》、はじめて倒立《さかだ》ちが出来《でき》たとき、あんな喜《よろこ》びは我々《われわれ》の一生《いっしょう》のうちにそれほど沢山《たくさん》あるものじゃない。

第一次劃過火柴時，第一次騎上腳踏車時，第一次會倒立時，那樣的快樂在我們的一生中是不多的。

（昭 12・3・21 日記）

自分《じぶん》に満足《まんぞく》を感《かん》じている人《ひと》ばかりが他人《たにん》の幸福《こうふく》を純粋《じゅんすい》に喜《よろこ》んでやることが出来《でき》る。

只有對自己感到滿足的人才能純粹地為他人的幸福感到高興。

（昭 12・10・3 日記）

教育《きょういく》。愛《あい》をもって冷酷《れいこく》に。

教育，是嚴厲包裹下的愛。

（昭 15・1・14 日記）

新美南吉的日記《節錄》

だらしのない奴《やつ》だ、私《わたし》は。いつでも口《くち》を動《うご》かしている子供《こども》のように、いつでも恋愛《れんあい》をしているのだ。

我是個沒出息的人。永遠像一個嘴巴開開合合的孩子，永遠都在戀愛。

（昭 16・7・18 日記）

百姓達《ひゃくしょうたち》の村《むら》には、ほんとうに平和《へいわ》な金色《こんじき》の夕暮《ゆうぐれ》をめぐまれることがある。

百姓們的村子裡，圍繞著一片和平的金色夕陽。

（昭 17・4・19 日記）

何《なん》でもゆるすこと。何《なん》でもうけ入《い》れること。

寬恕一切，代表接納一切。

（昭 17・7・4 日記）

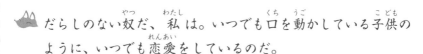

中日對照

日語閱讀越聽越上手
日本經典童話故事
日本安徒生——新美南吉名作選

附情境配樂
中日朗讀
QR Code
線上音檔

著者　新美南吉
譯者　謝若文
譯註　亞里
　　　陳秀慧
總編輯　洪季楨
編輯　詹雅惠
　　　林雅莉
　　　羅巧儀
　　　徐一巧
　　　陳亭安
編輯協力　立石悠佳
封面設計　王舒玗
內頁設計　徐一巧
插畫　山本峰規子

照片提供
新美南吉紀念館

日語閱讀越聽越上手：日本經典童話故事，日本安徒生——新美南吉名作選 / 新美南吉著；謝若文譯. -- 三版. -- 臺北市：笛藤，八方出版股份有限公司，2023.01
面；　公分
ISBN 978-957-710-883-8(平裝)
1.CST: 日語 2.CST: 讀本
803.18　　111021422

音樂提供

Shisyun

我是來自新美南吉的故鄉，
半田市的 Atsushi Yokoi，
也可以叫我 Shisyun。
請大家務必到日本愛知縣半田市來玩，
我會爲大家介紹新美南吉哦。

演奏者　**A&Y**

作曲者　**Atsushi Yokoi**

2023年1月30日　三版第1刷　定價350元

編輯企劃　笛藤出版
發行所　八方出版股份有限公司
發行人　林建仲
地址　台北市中山區長安東路二段171號3樓3室
電話　(02)2777-3682
傳真　(02)2777-3672
總經銷　聯合發行股份有限公司
地址　新北市新店區寶橋路235巷6弄6號2樓
電話　(02)2917-8022・(02)2917-8042
製版廠　造極彩色印刷製版股份有限公司
地址　新北市中和區中山路二段380巷7號1樓
電話　(02)2240-0333・(02)2248-3904
郵撥帳戶　八方出版股份有限公司
郵撥帳號　19809050